한국 희곡 명작선 59

진통제와 저울

한국 희곡 명작선 59

진통제와 저울

최은옥

평민사

죄은옥

진동제와 저울

등장인물

김윤희 - 45세. 출판사 세상을 바꾸는 책의 대표.
박영준 - 43세. 평론가, 교수.
라헬(이정희) - 30대 초반. 작가.
김준영 - 45세. 출판사 미학사의 대표.
정실장 - 30대 후반.
신혜정 - 40대 초반. 시인 허정수의 아내, 배우.
허정수
등산객1 - 20대 중반.
등산객2
문인1

시간

2002년 겨울에서 1998년 겨울까지

1장. 2002년 겨울, 카페

어둠 속에서 타자기 자판 소리.
이윽고 정 실장, 타자를 멈추고 지문을 읽는다.

건조하고 추운, 겨울밤.
바람이 불 때마다 도시의 뒷골목엔 유령처럼 창백한 종이들이 흩어지는 듯. 거나해진 술자리를 파하고, 귀로를 재촉하는 다정한 작별인사들을 나누지만 아무도 잠들지 못하는, 불면의 밤.

김윤희 자─시간도 늦었는데…… 이제 정리해볼까?

김준영 윤희야…… 애들 보내고 우리만 한잔 더 할까?

정 실장, 이 대리, 와─야유.
허정수, 벙거지 모자를 쓰고 기타를 메고 등장한다. 몇 권의 책도 함께. 회식자리 주변 어딘가에 앉는다.

김준영 이런…… 어린놈의 씨끼들이…….

김윤희 준영 대표님─(웃음) 그만 들어가셔야지…….

김준영 …… 정수 유고시집이 나왔고, 라헬의 첫 소설이 나온 날 아니냐…… 오늘이……응? 니 대표 이사로 승진한 날인데…….

김윤희   고마워…….

김준영   …… 고맙지?

김윤희   응.

김준영   그러면…… 너 이제 나랑 살자!

김윤희   (이 대리에게 눈짓하며) 나가서 택시 좀 잡아와!

김준영   내가 늘 하는 말이지만, 니 남편과 나는 한끝 차이라는 것 알지, 영준과 준영, 준영과 영준, 영준은 되고 준영은 안 되는 이유가 뭔데? 영준이 이 개눔의 씨끼가 조강지처 대표이사로 취임한 날 회식에도 안 나타나…….

김윤희   학회 때문에 지방 갔다고 했잖아.

김준영   너 그 어린놈의 씨끼하고 사는 것도…… 이제 신물이 날 때가 되지 않았냐?

김윤희   난 당신도 신물 나!

정실장   자— 우리의 영원한 큰 형님 미학사의 김준영 대표님 그리고 우리 세바책의 동지 여러분 앞에 있는 잔을 높이 들어 주십시오. 우리 세바책의 매출 실적이 전년도 대비 50% 증가, 떠오르는 신예 라헬의 소설은 출간도 되기 전에 출판계의 화제가 되고 있습니다. 구호 한번 하겠습니다.

일동, 세바책 세바책 세바책.

김준영   아— 시끄러워! 윤희야— 니 출판사 제목부터 바꿔라!

'세상을 바꾸는 책'이 뭐야? 니 남편이나 바꾸라니까…….

김윤희   출판사 이름은 허정수하고 니가 지은 거야…….

김준영   제길…… 그랬었나…….

정실장   이름이 어때서요?

김준영   바꿔!

정실장   우리 출판사가 좀 거시기하게…… 직원들을 확 돌아버리게 해서…….

김윤희   (정 실장에게) …… 뭘?

정실장   아— 아닙니다.

김준영   예술이란 가상으로 실제를 폭행하는 것.

정실장   니체.

김준영   …… 그래봤자…… 저만 죽는 거야!

라헬   …….

김준영   넌 가만히 저쪽으로 찌그러져 있어! 너만 생각하면 내가 자다가도 벌떡벌떡 일어나게 생겼으니까…….

김윤희   그만 해!

김준영   어린놈의 씨끼가 여기가 어디라고 겁도 없이 가랑이를 벌려…… 벌리길…… 이런 씨발 년—

김윤희   야— 김준영, 그만하라, 했다!

김준영   윤희— 이놈의 지지배는 니가 책임져라!

김윤희   알았어!

김준영   근데…… 니가 이 어린놈의 씨끼의 뭘 책임질 거냐?

김윤희   글쎄…… 원고를 받으라는 얘기인 줄은 알겠다.

김준영	그래!
김윤희	준영아…… 화나려고 해. 왜 나는 뭐든…… 책임을 져야 하는 거냐?
김준영	윤희야…….
김윤희	뭐?
김준영	영준이 말야…….
김윤희	뭐?
김준영	이 지지배 말야…….
김윤희	뭐?
김준영	…… 아니 됐다!
김윤희	말리지 마라 더 튼튼한 집을 지으려고. 출판사, 우리 아버지…… 내 새끼들, 내 남편 우리 집! 난…… 천년만년 살려고…… 라헬…… 어때? 당신은 우리 집을 부수고 싶어?
라헬	아니…… 무슨…… 저는…… 제 손에는 종이랑 연필밖에는…….
김윤희	그래서…… 라헬이 쓴 글들은 책임져주려고 하지.
김준영	(많이 취했다) …… 문학적 비유라는 것이 있고…… 응? 시민적 삶도 있는 거야…….
라헬	그러게나 말이에요…….
김준영	남 얘기 하나?…… 옛날에…… 정수, 이제는 니가 그럴래?
정실장	시인 허정수…… 젊은 시절엔 끝없는 죄책감에 시달렸고…… 그 반동으로 시를 썼다. 비루한 현실을 부수는 섬광 같은 세계, 그러다 내리막길, 황혼이 너무 빨리 찾

아오고, 이번엔 실제가…… 그가 만들었던 가공의 세계를 폭행하기 시작했다. 평론가 박영준. 아멘.

김준영 아— 정수야 왜 그랬어? 시인에겐 시민적 삶의 의무도 있는 거야…… 몰라? 너희 예술적 천재의 아류들이여 자중하라! 예술이 뿡이더냐…… 미치광이 예술은 시민적 삶에서 분리하라…… 시장에 가 보라고, 깻잎, 상추 몇 개 갖다놓고 앉아 있는 노파의 끈덕진 목숨을 좀 보라고…….

김윤희 야— 준영아…… 그만 해…… 귀에서 진물난다.

김준영 ……. (웃음)

김윤희 그 노파만큼이나 정수도 온 몸으로 삶을 밀고 갔어! 그러다 거짓말 같이 사라진 정수의 삶에 대한 이만한 애도도 아까워?

김준영 야— 그래서— 형편은 니가 나보다 낫지만…… 병원비는 내가 더 낸 것도 아냐?

김윤희 알지…… 그래서 내가 너를 좋아하잖아?

김준영 그랬어?

이 대리 뛰어 들어온다.

김준영 택시 왔어?

김윤희 (엉거주춤 일어나서 어서 나가주기를 바라며) 준영 대표, 고마워!

김준영 뭐가?

김윤희	그냥…… 오늘은 이 어린놈의 씨끼들 치다꺼리 하고, 며칠 있다가 전화할게…….
김준영	그날은 내 품을 비워둘게…… (문인1을 일으켜 세우며) 가자가…….
김윤희	(웃음) 알았어…….
김준영	윤희야…… 니가 얼마나 예뻤니?
김윤희	알아! 이제는…… 더 이상 예쁘지 않은 것.
김준영	야―야― 누가 그래? 누가…… 우리 윤희한테…… 예쁜 윤희, 니가 쭈그렁탱이 할머니가 되어도 나는 너를 사랑할 거야!

일동 웃음, 김준영, 문인1을 데리고 비틀거리며 나간다.

| 김윤희 | 이 대리, 김준영 대표님 집까지 꼭 모셔다드려…… (큰 소리로) 준영아― 사랑해! (일동에게) 난 라헬과 잠깐 있다가 갈 거니까……. |
| 정실장 | 네, 대표님. |

사이.

| 라헬 | 이제 에필로그인가요? |
| 김윤희 | (웃음) 아니― 난 이제부터가 시작인데…… (사이) 한 잔 더 하겠어요? |

라헬	…… 할 수 있지만, 아무래도 오늘은 그만 해도 될 것 같아요.
김윤희	그래요?
라헬	(긴장 때문인지 몸이 떨린다)
김윤희	추워요?
라헬	아니오. 사실은 술을 잘 못해요…… 취하고 싶고, 먹고 싶어도…….
김윤희	나도 그 나이엔 그랬어요.
라헬	…… (어색함을 이기지 못해) 유고출판회는 너무 쓸쓸했죠? 유족들도 안 오고…….
김윤희	(사이) 늘 그렇지, 뭐! (사이) 우리가 죽으면? 뭐 많이 다를 것 같아요? (사이) 난 이제 정리가 되었어요.
라헬	무슨 정리?
김윤희	박영준.
라헬	…….
김윤희	놀라지 말아요.
라헬	…….
김윤희	내가 누구죠? 박영준이 내 남편이라는 건 알고 있었죠?
라헬	…….
김윤희	박영준은 김윤희와 함께 19년째 잘 해나갔어요……, 라헬, 아니 이정희와는 한 5년 되었나요?
라헬	…….
김윤희	…… 이정희와 김윤희, 박영준은 최근 몇 년 동안 특별

한 경험을 함께 했어요. 우리는 함께 책을 냈어요. 우린 각자의 위치에서 최고의 플레이를 펼쳐 왔다고 믿어보죠…… 앞으로도 달라질 것은 아무것도 없어요. 라헬은 글을 쓰는 거고, 나는 출판하고…… 그리고 누군가는 우리 작업을 도와야 하는 거고…… 또 그 나머지는 행운을 믿어보는 거죠…….

라헬 언제부터 알고 계셨죠?

김윤희 처음부터…….

라헬 왜 제게 기회를 주신 거죠?

김윤희 당신도 내가 알고 있는 걸…… 알고 있었던 것 아닌가?

라헬 …….

김윤희 …… 가장 잘 알고 있다고 생각했던 남자를 다른 여자의 눈으로 보았어요…… 누구든 다른 사람들을 이해하는 데는 시간이 필요해…… (사이) 길고 고통스러웠어! 당신 소설이 아니었다면…… 나는 어떻게 견뎌야 했을까…… 당신이 새겨 논 흔적들이 없었다면…….

라헬 …….

김윤희 다른 사람도 아니고 내가…… 그것들을 세상에 내놓았지! 이정희와 박영준, 두 사람 사랑의 역사는 내 출판사를 통해 살아남게 될 거예요.

라헬 소설은 그저 소설인 거죠.

사이.

14

김윤희   …… 꾸며낸 얘기라…… 더 진실한 얘기가 되는 거지.

라헬   어떻게…… 왜 그렇게 냉정하셔야 하죠? 이해하신 대로라면 역겹기만 할 그런 원고를…… 왜 던지거나 불에 태우거나 아니면 뭐든…… 그러셔야 하는 것 아닌가요?

김윤희   그렇죠? (사이) 흐―음! 누군가를 파멸시키거나 출판하거나 둘 중의 하나…… 저울의 추가 이쪽으로도 저쪽으로도 기울었어요. 저울이…… 균형을 잡을 수 없어서 아주 몸부림을 치더군요. 다른 사람을 파멸시켜야 하나, 나를 파멸시켜야 하나. 결국 내 쪽을…… 다만 이 저울의 척도는 뭐가 되어야 했을까…… (사이) 책 한 권이 나왔어요. 우리가 몸부림쳐왔던 것…… 사랑의 대가.

라헬   …… 허영이 아니에요. 그냥…… 우연히…… 그렇게 생각해주시면 안돼요? 네? 그런 것도 사랑인가요? (사이) 그렇게 비참하고…… 공허한 것이…… (사이) 분명한 것은 그 남자에게 저는 심각한 일이 아니에요! 이해하시겠죠? 그 남자에겐 아내와 가족이 있어요. 끊임없이 써대야 하는 평론과 학교가 있어요. 당연한 일인 걸요! (사이) 아― 저에게 베푸신 세바책의 자선은…….

김윤희   아니! 난 자선을 하지 않아요, 사업을 할 뿐이야!

라헬   사업……! 복수가 아니었나요?

김윤희   내 사업이 날이 갈수록 번창하는 것은 딱 한 가지 이유, 원고를 먼저 확보하는 거야! 그 원고가 남편의 애인 것이라고 해도 예외는 없어! (사이) 난 내가 하고 싶은 일을

15

하지 않고, 해야만 하는 일을 하는 사람이에요…… 집에서도 회사에서도…… 일을 해야 해, 끝없이…… 논쟁하는 시간도 아까워하면서 미친 듯이, 소처럼. (사이) 박영준과 나는 얘기를 좀 했어요. 며칠 전에…… 하고 싶어서가 아니라 해야만 하니까…… 헤어지기로 했어요. 이걸 당신에게 알려주고 싶었어요.

라헬은 김윤희의 발밑에 엎드리고 싶은 충동을 참아낸다.

라헬 …… 지금 이 순간에도…… 그 남자를 기다립니다…… 지난 5년 동안 서로를 괴롭히기만 했어요…… 선을 긋고 거기까지만! 이라고 선언을…… 아니 사형 선고를 백만 번은 했어요. (눈물이 흐른다) …… 다리가 잘려서 걸을 수가 없었어요…… 저는. 그리고…… 그래도…… 저 문을 열고 들어와서 내 손을 잡고 여기서 데리고 나가 주기를…… 기다려요. 오늘 밤 내내 저 문만 바라보고 있었어요…… 그가 내 남자였다면 당연히 그래야 하는 것 아닌가요? 이 개떡 같은 라이징 작가 파티에서 도망칠 수만 있다면…… 무서운 당신! 슬픈 당신에게서 벗어날 수 있다면 얼마나 좋을까…… (사이) 그러나 그는 오지 않아요, 지금 이 순간에도. 어쩌면 이제 저는 그 남자를 다시는 만나지 못할 것이 확실해졌다는…… 그런 생각이 들어요. 아—.

김윤희   ……

라헬   그 남자는 지금 이 순간…… 출판된 소설 속으로…… 영
         원히…… 사라진 것 같아요.

         라헬, 조용히 오열하면서 김윤희를 바라본다.

2장. 2002년 가을, 공원

어둠 속에서 타자기 자판 소리.
이윽고 정 실장, 타자를 멈추고 지문을 읽는다.

계절의 황혼은 가을의 공원에 가장 먼저 찾아온다.
황혼이 아니라면, 태양의 존재도 알지 못했으리라.
헤어진 연인들의 건조하고 타산적인 대화.
그러나 공원 어딘가에서 여전히 슈베르트의 '세레나데' 흐르는 듯.

라헬　　잘 지내시죠?

박영준　(사이) 넌?

라헬　　…….

박영준　바빠?

라헬　　아니요.

박영준　원고 넘기고 나면 맥이 풀리지.

라헬　　…….

박영준　무슨 일이야?

라헬　　…….

시간이 흐른다.

박영준   (공원을 한 바퀴 둘러본다) 그러고 보니, (낮게 허밍으로 시작해서 노래로) 초록이 지쳐 단풍드는데―가 맞긴 맞구나…….

라헬   …….

박영준   …….

이정희, 빠른 걸음으로 그 자리를 벗어나려다 보니 본의 아니게 휘청거린다.

박영준, 몇 걸음 안에 잡는다.

박영준   만나자는 이유가 있었을 텐데!

라헬   지금 사라졌어요.

박영준   다른 사람의 시선이 있다는 것도 잊지 말아라.

라헬   …….

박영준   공원 가고 싶단 말 많이 했었잖아…….

라헬   …… 싫어 하셨잖아요?

박영준   이제부터는 좋아하려고!

라헬   …… 잘 된 일이군요.

박영준   생각했던 것보다 이 가벼운 공기가 내 맘에 든다. 난 가벼운 마음으로 왔어, 그러고 싶었다.

이정희, 그 자리를 도망치려하지만, 쉽지 않다.

라헬   …… 두렵지 않겠어요?

박영준	열망을 죽이면 두려움 같은 건 없어.
라헬	…….
라헬	…….
박영준	(양손으로 라헬의 어깨를 붙잡고) 후회해?
라헬	후회하지 않아요.
박영준	그래…… 네가 원하던 거잖아!
라헬	제가 원하는 걸…… 당신은 모른 체 했어요.
박영준	우리에게…… 모르겠다, 그래 한 번만 더 뻔뻔해보자, 너와 나, 그래 우리, 우리에게 허용되었던 것은 작은 위안이야, 때를 묻혀야 겨우 얻을 수 있는 아주 가난한 행복이었어.
라헬	내가 왜 여기에 왔는지 새삼 알겠군요.
박영준	난 너와 함께…… 때를 묻힐 수 있었다.
라헬	내 마음 속에 남은 그 어떤 흔적이라도 결국은 부수고야 말겠어요.
박영준	(어이가 없어서) 아직도—야?
라헬	폐허 위에 폐허를 각인할게요.
박영준	좋아, 내가 너를 도울 수 있는 일이라면?
라헬	나를 더 모욕해주세요,
박영준	얼마나?
라헬	걸어서 가지 못하고 기어서 나갈 수 있을 만큼.
박영준	내게 더 큰 사랑의 규모가 필요한 거 같은데.
라헬	(사이) 마지막이니까요.

박영준 그 마지막이란 수사법은 이제 진부하다. 처음엔 강력한 약효가 발휘되었지만 점점 신통찮게 된 진통제가 되었어. 네가 마지막을 얘기하면 나는 더 많은 비용을 줘어 짜왔어. 현실을 변화시켜 온 한 단어의 도취가 사라진 거야. 그 말을 듣는 순간 맥이 좀 풀리는데, 우스꽝스럽게도 아직도 끝이 아닌가, 라는 생각이 든다. (사이) 어쨌든, 사람은 자기가 좋아하던 것을 망가뜨린다.

사이.
심리적 시간의 차이를 줄 수 있는 음악이 필요하다.

라헬 아니 — 당신은 아무것도 망가뜨리지 않았어요.

박영준 그럼 우린 지금 뭘 하고 있는 건데……?

라헬 저는 결국 글을 쓸 거니까…….

박영준 …….

라헬 결국 대단해질 때까지 글을 쓸 거니까…….

박영준 …… (손가락으로 머릿속을 긁적거리는 사이)

라헬 그럼 당신이 나를 부끄러워하지 않을 만큼은.

박영준 아 — 정희야!…….

라헬 당신이 나를 부끄러워하는 것이…… 나는 부끄러워요!

박영준 그렇지 않아!

박영준, 라헬을 위로해주고 싶어서 다가가지만, 정희는 영준이 다가오는 만큼 물러선다.

박영준 (어깨 으쓱) 그래…… 김윤희 부장은 수완이 있는 사람이지!…… 믿을만한 파트너야. 김윤희 부장과 내가…… 작가를 물색하지! 네게 정말 기회가 온 건 온 거니?

라헬 아……. (혼란스러운 듯 머리를 가로젓는다)

박영준 김윤희에게는 나 하나로도 족한데…… 너까지! 내 아기…… 내 가난한 연인…… 내 가난한 행복…… 김윤희가 주는 기회의 파도를 타고 그렇게 가버릴 거니? 네 시선이 그렇게 사라진다면…… 나는 내가 누구인지도 모를 거야!

3장. 2000년 겨울, 극장 로비

어둠 속에서 타자기 자판 소리.

이윽고 정 실장, 타자를 멈추고 지문을 읽는다.

방에 들어선 당신이 먼저 지불부터 하고 옷을 벗으면, 그녀는 무릎을 꿇은 상태로 '빨고 또 빨고 계속해서 빨'것이다. 이후 본론으로 넘어가는데, 처음엔 그녀가 위에서, 다음엔 아래서 하고, 마지막엔 강아지처럼 후배 위로 돌입한다.[1] 그리고 밤은 낮보다 아름답다. 당신은 완전히 지쳐있고 아기처럼 약해져 있기 때문에 그녀의 지극한 헌신에 응답하고, 보상하고, 어쩌면 낯선 그녀와 진심을 나누고 싶어질 것이다. 그녀 자신의 쾌락을 위해서는 어떤 것도 요구할 줄 모르는 그녀가 도대체 어떤 체위를 좋아하는지, 궁금해진다.

2년 전, 2000년 겨울, 극장
연극이 끝난 극장 로비에서 팸플릿을 보고 있는 윤희

라헬   ······ 재미없었나요?

김윤희   아, 작가님 그런 건 아니에요.

라헬   다행이에요.

---

1) 넬리 아르캉, 『창녀』, 문학동네, 2005, 274면.

김윤희   …… 고통을 느끼게 하려는 거 아닌가요? 우리들……
        관객들에게…… 뭐랄까 우리 현실에 대한 비판 같은
        것…….

라헬   아니요. 저는 제가 반대하는 것에 관해서는 말하고 싶지
        않아요. (사이) 나에 대해서 쓰는 거죠, 글은…….

김윤희   창녀에 대한 얘기인데…… 작가님에 대한 것이라고요?

라헬   (웃음) 그럼요!

김윤희   (한숨) 왜…… 글을 써요?

라헬   (웃음)…… 배고파서요.

김윤희   (웃음)

라헬   …… 죄다…… 남김없이 탕진하기 위해서…… 글을 써요.

김윤희   뭘?

라헬   나를…… 남김없이 탕진하기 위해서…… 그리고 나를
        규정해 온 것을 부정하기 위해서 글을 써요.

김윤희   당신을 규정해 온 것은 뭘까요?

라헬   제가 태어나자마자 우리 부모님이 저를 위해 이미 준비
        해둔 말들…….

김윤희   ?

라헬   어쩌면 지금 당신이 나를 만나러 오기 전에 준비해온 말
        들…….

김윤희   난…… 뭘 준비해왔을까요?

라헬   글쎄요…….

김윤희   그런데 그것이…… 왜 하필 이런 얘기여야 하냐는 거죠?

(사이) 그 여배우는…… 정말 창녀인 것 같았어요.

라헬 그럼요! 그녀는 당연히 그렇게 보여야 하는 거죠. 저는…… 그 여배우가 눈빛을 완전히 꺼버리기를 바랐어요. 눈동자가 밤처럼 빛이 완전히 사라지길 바랐어요…… 알 수 없는 자들의…… 알 수 없는 요구에 완전히 복종하기 위해서는…… 자신을 규정하고 있는 빛…… 자아를 완전히 꺼버려야 하는 거죠.

김윤희 (고통스럽다) 아―

라헬 네?

김윤희 아니에요― 계속…… 얘기하시죠.

라헬 네……그 여배우가 해야 하는 건…… 알 수 없는 자들의 알 수 없는 쾌락을 위해 그녀가 온전히 탕진되어 버리는 것이죠. 그녀를 통해…… 무대 위에서는 헌신과 희생이 완성되어야 하는 것…… (사이) 어쨌거나 그 여배우는 점점 그 역에 익숙해질 거예요. (사이) 잘 부탁드립니다.

김윤희 뭘요…….

라헬 …… 호의적으로 써 주실 거죠?

김윤희 제가요……?

라헬 참…… 어느 신문사에서 오셨죠?

김윤희 네? (명함을 내 놓는다) 착각하셨나 봐요! 신문사가 아니라 출판사…….

라헬 아― 그렇군요. 공연 전에…… 신문사에서 인터뷰하러 나온다고 들어서요.

김윤희 (악수를 청한다) 나를 규정해 온 것을 지켜가기 위해서, 나를 탕진해 버리지 않기 위해서…… 일하는 사람이죠. 김윤희예요…… 우리 실장에게 전화 받으셨죠?

라헬 네!

김윤희 전화로 말씀드린 것처럼,…… 우린 작가님에 대해 지대한 노력을 기울이고 있어요.

사이.

라헬 세바책이 건져 올리는 작가는 사라지지 않는다는 소문이…….

김윤희 …… 저희랑…… 할 건가요 말 건가요?

이정희 …….

김윤희 당신을 사려고 왔어요, 통째로. (사이)

이정희 지난 번에…… 전화로도 말씀드렸지만 미학사에서 받은 선금이며…… 그분들은…… 정말 좋은 분들이셨어요…… 이해하시겠어요?

김윤희 아니요.

이정희 네?

김윤희 우리가 함께 타야할 차, 이미 시동이 걸린 상태에요. 갈아타기로 했을 때…… 갈아 타 봐요…….

이정희 글쎄요…… 조건, 뭐 그런 것, 모든 면에서 여기가 나은 것 같긴 해요…….

김윤희 자, 자, 그 얘긴 이미 끝난 거 아니었나?

이정희 요 며칠 저는 자다가도 벌떡 일어나서 찬물을 한 사발씩 들이켜요…… 정말 좋아야 할 것 같은데…… 왜 불안한 거죠? 미학사와의 문제를 제쳐두고라도 세바책의 호의가 갑작스러운 것이라…… 그러니까…… 서둘러 거둬주시는 이유가 뭔지…….

김윤희 사고 안 사고도 엿장수 맘!

라헬 네?

김윤희 나는 가끔은 변덕을 부려도 용납될 수 있을 만큼의 위치에는 있는 사람이에요.

라헬 …….

김윤희 우리가 출판하는 소설을 읽지 않으면 안 될 것 같이…… 독자들을 유혹하고, 우리 작가를…… 베일 속에서 빛나게 할 것…… 솔직히 미학사가 뚝배기 된장국같이 진중한 맛은 있지만 우리하고는 게임이 안 되죠.

사이.

김윤희 계약서에 도장 찍는 일은 우리 정 실장하고 따로 시간을 맞춰보시고?

이정희 …….

김윤희 아 — 그리고 당신의 데뷔소설 〈창녀〉는 당신의 자전적 경험을 바탕으로 한 것이라는 말씀을 어디선가 하셨는데…….

이정희 …….

김윤희 어디서 어디까지를 자전적 경험으로 받아 들여야 할 지…….

이정희 그런 건 왜 궁금해야 하는 거죠?

김윤희 작가의 이미지도 상품이라…….

이정희 이런 경우 정답은 이런 거죠……"아— 무슨 소리를 하시는 거죠? 나는 작가로서 소재를 찾기 위해 바에서 일해 본 적이 있답니다. 주경야독인 거죠! 그러니 내가 바에서 일했다고 해서 바로 바—걸이었다는 것은 아닌 겁니다" 이렇게요.

김윤희 …… 사실관계를 한번쯤은 확인하고 싶은 거죠. 악의적인 풍문도 있고…… 하다보니…….

이정희 무슨 풍문?…….

김윤희 …….

이정희 …… 그렇다면…… 아무 말도 하고 싶지 않은데요.

김윤희 진실을 말하고…… 사실을 바로 잡아야 해요.

이정희 무슨 사실?

김윤희 …… 당신의 섹스에 대해서…… 어쩌면 당신의 재능에 대해서…… 다른 사람과 달라야 하는 것에 대해서…….

이정희 출판사와 계약을 결정해야 하는 상황에서…… 제가 왜…… (사이) 네?…… 뭔가를…… 힘주어 말해야 하는 상황이 되어야 하는 거죠?

사이.

김윤희   그렇다면 라헬의 이미지를 어떻게 구성할 건지…… 저희가…… 통째로 사버려도 되겠어요?

라헬   …….

김윤희   작가에 대한 경외감? 아니…… 자리가 사라진 시대예요…… 이 시대는 작가들을 더 복잡한 상황에 던져 넣죠. 독자들은 점점 변덕스러워지고…… 스스로도 뭘 원하는지 몰라요. 뭘 원하는지도 모르면서 아무튼 더 재미난 음식을 해다 바치라고 성화를 부리는 폭군들이죠. 그러니 우리는 알 수 없는 그들의 입맛을 살살 달래서 그들이 지속적으로 소비할 수 있도록…… 어떤 종류의 콘텐츠라도 최고의 교환가치로 환원시킬 수 있는 시스템이 더 중요한 시대가 된 거죠. (사이) 물론 우린 괜찮은 콘텐츠만 접수해요, 작가님처럼!

라헬   …….

김윤희   아— 제게 마음을 열어주세요…….

라헬   지금…… 제 마음을 원하는 것이 아니시잖아요!

김윤희   이정희 씨!

라헬   …… 영혼까지 통째로 넘기라고 하시는 것 같아요!

김윤희   (웃음) 뭐라구요?

라헬   악마와 계약 중인가요? 저는…….

사이.

김윤희 알았어요. (고개를 절레절레 흔든다. 웃음과 함께 하이-파이브를 하자는 듯 손을 올린다)

라헬 마지못해, 하이-파이브.

김윤희 창녀만을 원하는 세상에서 당신은 창녀로 살고 싶지 않아서 창녀 얘기를 썼어요. 그렇죠?

라헬 …….

김윤희 …… 그렇다고 해서…… 당신 진실이 우리 사업에서 중요하지는 않아요! 우리 사업에 유리하게 이미지를 포장할 거예요. 당신은 어쩌면 진짜 창녀 출신 작가가 될 수도 있는 거죠, 극단적으로는.

라헬 …….

사이.

김윤희 아 ─ (고개를 갸우뚱한다) 당신은 인내심이 있군요! 당신…… 내 마음에 들기 시작했어요. 당신 이미지를 어떻게 구성할 것인지에 대한 건…… 생각을 좀 해 볼게…….

라헬 …… 저를 살까 말까 저울질 하고 있는 것…… 알고 있어요. 어떻게든 저는 잘 보여서 원고를 팔고 싶어요, 그러나 당신에게는…… 사고 싶은 다른 후보들이 줄을 서 있어요.

김윤희   그건 그래요!

라헬   저는 당신들이 원하는 것을 알고 싶고, 그렇게 살고 싶고, 그렇게 쓰고 싶고, 아―당신들을 기쁘게 해주고 싶죠. 당신들을 만족시키지 않고는…… 살아갈 방도가 없는 걸요…… 창녀가 저의 천성인 거죠. 뼈 속까지…… (사이) 당신은 어떤가요?

김윤희   나는…… 얼마든지…… 당신들을 구매할 수 있는 경제력이 있는 사람이죠. 나는 당신들과 달라요! 당신들은 내 마음에 들어야 하고, 나를 만족시키면…… 보상이 주어지죠. (수첩을 꺼내 스케줄을 확인하며) 계약하겠어요. 이번 주 금요일 3시 내 사무실에서 뵙죠.

김윤희, 일어나서 나가려다가

김윤희   참― 박영준 씨 알죠?

이정희   …….

김윤희   친해요?

이정희   …….

4장. 나중, 2000년 겨울, 김윤희의 집 거실

어둠 속에서 타자기 자판 소리.

이윽고 정 실장, 타자를 멈추고 지문을 읽는다.

바로 그날 저녁 2000년 겨울, 김윤희의 집 거실

박영준이 양손에 책보로 싼 책 보따리를 들고 현관문으로 살금살
금 들어와 서재 방으로 들어간다. 김윤희가 거실 어딘가에서 핸폰
을 받으며 그 모습을 지켜보고 있다. 영준이 책을 사들이는 습벽과
윤희가 눈감아주는 일은 지극히 안정된 이 부부가 서로를 놀리는
놀이와 같은 것으로 보인다.

김윤희   …… 회사도 정신없긴 마찬가지지만 수정이가 고3이
라…… 언제 이 짐 드러내고 어쩌고 하겠어요?……
네…… 좋은 업자 섭외해뒀다가 내년 봄에나 완벽하게
해놓을게요…… 네? 수민이가 편지를 했어요?…… 언제
요?…… 별일 아니에요…… 예상했던 적자니까 그 문제
는 제게 맡겨주세요…… 아버지 저 못 믿으세요?…… 믿
으시죠? (웃음)…… 그 내력은 제 탓이 아니죠……네 아버
지, 그럼 내일 점심시간에…… 네, 안녕히 주무세요.

박영준이 옷을 갈아입고 책 두어 권을 들고 서재에서 나와 거실 소
파에 앉는다.

박영준   아버님이 걱정이 많으시네……

김윤희   입에서 단내가 날만큼 매달려도……그게 그거니까.

김윤희에게 시집을 건넨다.

박영준   믿을 수 없어! 이거 봐.

김윤희   헌책방에서?

박영준   응…… 아니…… 아뿔사!

김윤희, 웃으면서 박영준의 머리를 흩트린다.

김윤희   요새도 인사동 책방 순례는 계속하시나?

박영준   아니! (김윤희를 잠깐 올려다보고 잠시 어색한 웃음) 응! 가―끔!
그래도 사지는 않아…… 여보!

김윤희   출판사에 쌓여있는 걸, 왜 사?

박영준   여보― 이건 정말 믿을 수 없어! 헌 책 하나 산 것이 아
니야! 거기 낙서 좀 보라고?

김윤희   (시집 안쪽을 읽는다) 여기?

박영준   응!…… 특별했던 어느 시간을 산 거야!

김윤희   (읽는다) "박영준, 김준영, 허정수 1987년 2월 20일 종각

에서 모딜리니아의 여인에게" 모딜리니아의 여인은 또 누구야?

박영준　몰라.

김윤희　또 어떤 년이냐고? (웃음)

박영준　모른다니까! (사이) 아—맞다! 당신 아냐? 모딜리아니아의 여인이.

김윤희　뭐—야! (웃음)

박영준　이게 뭔가, 한참을 생각해봤어.

김윤희　모딜리니아의 여인이 이 시집을 받았는데…… 어느 날 헌책방에 넘겼구나?

박영준　그런가 봐!

김윤희　그리고?

박영준　그런데 그 전후 맥락이 전혀 생각이 안 나. 내 기억력이 별로인 건 알지만, 어떻게 이럴 수가 있지?

김윤희　이 이름들은 필적이 달라. 각자가 서명한 거 같아.

박영준　그렇지?

김윤희　여기 이 그림, 이 낙서는 당신이 한 거야!

박영준　으—웅. (웃음)

김윤희　당신은 젊을 때 이런 버릇들이 많았잖아! 얘기하면서 좀 지루해진다 싶으면 낙서하고 딴 짓 하고…… 정서 불안 같았어. 당신 보고 있으면 나까지 점점 불안해지기 시작했지.

박영준　으—웅. (웃음)

김윤희 여기 이 그림, 이 낙서는 당신이 한 거야!

박영준 그렇다니까! 어떻게 이런 일이 가능하냐고?

김윤희 허정수 첫 시집 1쇄 판, 따끈따끈할 때, 마치 공동저작인 듯, 함께 사인을 해서 당신들이 흠모할 만한 어느 여자에게 준 거야! 정말 신기해! 이걸 헌책방에서 우연히 발견했다니.

박영준 장난친 것으로 보면 술 마시다가 일어난 일인 것 같은데…… (사이) 그런데 다시 그 자리에 가보니 이미 내용은 지워져 있어. (사이) 허정수는 당신이 만든…… 시인이었지.

김윤희 아니―당신이 먼저 발굴했으니까…… 당신 사람이었지.

박영준 그래…… 허정수는…… 우리 두 사람 작품이었어.

김윤희 (한숨) 여보?

박영준 응……?

김윤희 당신…… 안녕한 거지?

박영준 (웃음) 왜 그래?

김윤희 아니야…….

김윤희 (한숨) 무거워.

박영준 뭐가?

김윤희 …… 떠메고 있으려니까…… .

박영준 …… .

김윤희 조각이 사라진 퍼즐이야. (사이) 우리도 그만 좀 내려놓을까?

박영준 왜 그래?…….

김윤희 아니야—

사이.

김윤희 책 한권의 무게가 300g, 만 권이면 3톤이야. 이층 방 두 개 또 저쪽 방에 있는 책들이 만 권은 족히 될 것 같은데?

박영준 얼추…….

김윤희 …….

박영준 건축업자까지 불러서 확인했으면 이 집 구조는 이상 무(無) 아닌가?

김윤희 그런데도…… 난 왜 그 꿈을 계속 꿔? 300g, 300g이 쌓여 3톤이야, 3톤 책에 눌려 이층 벽에 균열이 가고 또 저쪽 방에서도 쩍—쩍— 어느 순간 책과 함께 이 집이 와르르 내려앉는 꿈…….

박영준 당신 신경과민이야…… 수정이 대학 보내놓고, 내년에 내가 책임지고 근사하게 수리해 놓을게…… 아— 건축가 김철이라고 전통 가옥 전문으로 꽤 유명한 사람인데…… 그 사람 섭외해볼게

사이.
영준은 황량함을 이기지 못하고 주방으로 간다. 와인 병과 잔 두 개를 찾아가지고 온다.

박영준   낼 모레면 오십이 되는데…… 난 당신 아버지처럼은 안 되네.

김윤희   뭐가?

박영준   내 자식들을 무릎 꿇려 앉혀놓고 이건 된다, 이건 안 된다고 할만한, 흔들리지 않는 인생관 같은 것.

김윤희   당신은 대기만성인가 보지.

박영준   (웃음) 고마워!…… 말이라도.

김윤희   장사꾼의 인생관은 정리되기가 더 쉽고, 당신의 인생관은…… 그보다 좀 복잡한 거 아니야…… 버텨 봐!

사이.

박영준   당신 오늘도 많이 바빴지?

김윤희   응…… 구경거리가 좀 다양했어.

박영준   어떤?

김윤희   (잔을 테이블에 놓고 박영준을 응시한다) 우아한 창녀를 만났어…… 이놈 저놈을 다 만나봤지만, 이런 창녀를 만난 건…… 또 처음이야! 허!

박영준   (신랄해진다) 그래서?

김윤희   (사이) 재미 좀 봤어!

박영준   어떻게?

김윤희   이년이 가랑이를 벌리는 거야. 내 눈앞에서…….

박영준   여보!

김윤희   …….

사이.

박영준   우리…… 슈베르트 듣자. 응? 오랜 만에…….

박영준, 턴테이블로 가서 LP 판을 찾고 올리는 동안, 둘은 대화를
계속 이어간다.

박영준   아까…… 당신 통화하는 걸 잠깐 들었는데…… 아버지
            가 수민이 문제를 아신다는 생각이 좀 들었지…… 아셔?
김윤희   …….
박영준   정확히?
김윤희   아마도.
박영준   어떻게?
김윤희   모르지.

사이.

박영준   참! 지금 몇 신데 수정이는 여태 안 오는 거야?
김윤희   10시 넘어야 수업이 겨우 끝난대요. 아직 멀었어요…….
박영준   오늘은 무슨 학원인데?
김윤희   수학.

박영준	수민이는 언제 전화 왔어?
김윤희	응.
박영준	거긴 좀 어떤가?
김윤희	뭐가?
박영준	학교 옮겼다며?
김윤희	원한 거니까 별말 없죠.

사이.

박영준 　그래서…… 이정희를 뺏어오겠다는 건가?

김윤희	응…… 이미 넘어왔어.
박영준	어떻게?
김윤희	오늘 만났어.
박영준	그래서?
김윤희	매듭을 지었지…… 계약서 쓰는 일만 남았어.
박영준	그래? 구두 계약은 미학사와도 오래 전에 한 일이야…… 그리고 구두 계약은 계약이 아닌가?
김윤희	알아…… 그거야 계약서를 썼다고 해도 파기할 수 있는 거 아냐?
박영준	여보…… 준영 선배는 나보다는 당신을 더 좋아해…… 준영 선배한테 그럴 수는 없잖아…… 상도덕이 이래서는 안 되지?
김윤희	준영이 말고 다른 이윤 없어?

박영준　뭘?

김윤희　당신이 우리 편이라면 적어도 정희 소설의 작품성이 상업성과 어떻게 맞물리는가 혹은 아닌가, 어떤 식으로 포장할 것인가, 그럴 가치는 충분한가? 그런 부분의 진단을 먼저 내 봐야 하는 것 아니야?

박영준　내가 추천한 작가를 제치고…… 이정희를 고집하는 이유는 뭔데?

김윤희　당연히 난 물건을 보는 거죠…… 준영이보다도 당신이 더 반감을 갖는 것 같은데…… 의외예요! 이정희는 당신과 특별히 친한 관계 아닌가?

박영준　누가 그래 ?

김윤희　내가…… 아니 세상이 다 알아요.

박영준　뭐라고? 뭘 아는데…….

김윤희　좋아…… 스캔들이 돌고 있어요. 그걸 모르는 사람은 당신하고 이정희……. (심호흡을한다)

박영준　뭔가 크게 잘못된 것 같아…… 내가 뭔가 오해의 소지를 남겼겠지만……그렇게 심각한 상황이 아닌 건 확실하거든…… 누구한테 그런 말도 안 되는 얘기를 들었는지는 모르겠지만…… 당신은?

김윤희　나? 난 그냥 생각 중이었어…… 어떻게 해야 할지…….

박영준　뭘 생각하지?

김윤희　스캔들…….

박영준　그래…… 누구한테 들었는데?

김윤희	그걸 옮기기는…… 갑자기 명치끝이 저려오네…… 생각지 않은 통증이야…… 그래서…… 잤어?
박영준	아니
김윤희	왜 안 잤는데?
박영준	(사이) 자야 하나?
김윤희	글쎄…… 그럼 왜?
박영준	연기는 좀 피운 것 같아…….
김윤희	어떻게?
박영준	가끔 만났으니까. 물론 둘만 만날 일은 드물고, 늘 지인들과 함께 어울렸지.
김윤희	언제부터?
박영준	뭐하자는 거야?
김윤희	언제부터?
박영준	글쎄, 한 이 년 전부터…….
김윤희	그리고?
박영준	뭐 이런 저런 잡일을 처리하게 하고 보수를 주기도 했지. 젊고 재능 있는 작가가 글을 쓸 수 있도록 해주고 싶었어.
김윤희	거기까지.
박영준	딱 거기까지. 나야말로 명치끝이 저려오는군…… 이리와, 난 당신의 위로가 필요해!
김윤희	싫어!

박영준 위로하듯 김윤희의 머리를 쓰다듬고, 블루스 포즈.
조용히 스텝을 밟는다.

박영준 당신은 아버지 부왕을 따라…… 전진 중이야! 당신이 이렇게 잘 나갈 줄 알았으면 난 계속 백수로 살면서 소설을 계속 썼어야 했어…….

김윤희 난 한 번도 당신 소설 쓰는 일로 가타부타 한 일 없는데…….

박영준 알아…… 제풀에 쓰러진 거.

김윤희 잘 된 거야, 소설 쓰는 인생보단…….

박영준 그럼…… 좋아…… 만족하지…… 어쩌면 소설을 쓰지 않아도 될 만큼 내 인생은 균형감을 얻었으니까…… 당신하고 살면서 얻은 수확이지…… (사이) 이정희 일은 원점으로 돌려놔…….

김윤희 싫어. 이정희의 실체가 어떻든 상관없어! 만들어 낼 거니까! 최소 1년 안에 재판 들어갈 만큼은 총력전을 펼칠 거야. 그래야 다음 라이징 작가 기획도 가능해…… (사이) 도와줄 거지?

박영준 아니. 그 애는 좀 놔두는 게 필요해…….

김윤희 대기만성…… 좋은데 그 사이에 걔는 무얼 먹고 살고? 왜…… 당신이 계속 먹여 살리려고?

박영준 조금 더 키워서…… 아직 프로젝트 기간이 몇 년 더 남았으니까 시간이 있어……성찬을 차릴 수 있을 만큼 키

워도 늦지 않아.

김윤희   아니, 지금이야. 더 키우면 살은 더 있을지 몰라도 왠지 질겨질 것 같아…….

박영준   그렇게 생각해?

김윤희   이건 딴 얘긴데…… 걔 소설에서 당신이 보였어. 당신 알고 있겠지만.

박영준   무슨 말이야……?

김윤희   그 앤 놓아줘. 나한테 공을 넘기라는 얘기야.

박영준   무슨 말인지 알 수가 없군.

김윤희   내 눈에 보이고 당신 눈에 보이고 그러면 세상이 다 보는 것 아닌가.

어렵게 이어지던 음악은 멈춰진다.

둘의 춤도 멈춰진다.

박영준   당신답지 않게 무지몽매한 얘기군…… 현실의 *끄트머리*를 가지고 비약하는 거야…… 소설을 가지고 무슨…….

김윤희   그래서 말인데…… 이 스캔들까지도 상품가치를 더해준다는 생각이 드네…….

5장. 2000년 가을, 수유리 오피스텔

어둠 속에서 타자기 자판 소리.

이윽고 정 실장, 타자를 멈추고 지문을 읽는다.

김윤희와 라헬이 극장에서 만나기 며칠 전 2000년 가을, 수유리 오피스텔

이정희   …… 그래서 미운아기 오리가 집을 떠나게 되었습니다. 이 구절이 시작되면 눈물이 앞을 가려서 더 이상 책을 읽을 수가 없게 되는 거예요. 어떻게 세상에 그토록 많은 미움과 억울한 슬픔이 있을 수 있다는 것을 아홉 살 보통 애가 이해할 수 있었겠어요?

박영준   〈미운 아기오리〉는 보통 애들을 위한 동화로는 실격이야!

이정희   …… 어느 날 엄마가 그 책을 숨겨버렸어요…… 보물찾기도 아닌데…… 난 막— 찾으러 다니고……

박영준   〈미운 아기오리〉는…… 역시 우리가 알고 있는 내러티브 중에서도 가장 불가사의한 생명력이 있는 것 중에 하나라는 게…… 입증되는 것 같아! (사이) 안데르센도 동성애자였거든.

이정희   왜…… 나는 그 얘기에 중독돼야 했을까? (한숨)

박영준   너…… 왕따였었구나!(웃음)

이정희   (웃음) 지금도.

박영준　안데르센도…… 왕따였어! 동성애자였거든.

이정희　정말요?

박영준　어때? 아귀가 딱 맞아 떨어지지 않니?……

이정희　그러고 보니 미운 아기오리가 마지막엔 백조가 되어 날 아간다?

박영준　응

이정희　세상의 박해와 지독한 자기혐오가 어느 순간 자기 확신 으로 비약하는 얘기…….

박영준　정확히. (사이) 안데르센은 평생을 위장의 가면을 쓰고 살 아야 했어, 이 사람이 일 년에 한 번씩은 꼭 여행을 떠났 는데, 이탈리아의 동성애자 소굴 같은 데였지. 그리고 다 시 일상으로 돌아와서는 자신이 알고 있는 모든 여자들 에게 연애편지를 쓰는 것으로 자신이 이성애자라는 소 문을 만들어내는 데 주력했어.

이정희　아― 미치겠다!

박영준　아― 잔혹하지 인생이란…… 그래서 안데르센은 이 얘 기를 다 썼을 때, 아마도 너무 기쁜 나머지 눈물을 흘렸 을 것 같아.

이정희　치유불가능한 자신의 병을 진정시켜주는 약을 발견한 것처럼…….

박영준　그렇지!

이정희　인생의 고통이 상상력의 힘을 빌려, 저 스스로 위로에 도달하니까……. (한숨)

박영준 그런 글에 비하면…… 평론 따위야 부질없는 일이지.

라헬 제가 쓰는 작품 따위란!

박영준 아기바구니 속의 아기를 꺼내놓고 보니, 이렇게 깡패처럼 난동을 부리는데…… 우리들 평론이든 작품이든 부질없는 건 별로 기막힌 일도 아니지! 안 그래?

라헬 …….

박영준 평론이라는 게 자기최면의 힘에 의지해서 주관적인 판단을 보편적 판단인 양 집요하게 주장하게 되거든. 근데 최면의 마약에서 깨어나는 순간 그 평론을 쓴 내가 가장 실망하게 되고 다음엔 누군가에게 읽혀지기는커녕 바로 잊히게 돼. 그러거나 말거나, 지금 난 내 직업이 유지될 수 있을 만큼 자기최면에 의지해서라도 쓰고 있다…… 가끔은 내가 뭔가를 쓸 수 있을만한 작품, 글쓰기의 욕망을 다시 부채질 해 줄만한 작품이 나와 주기를 간절히 바라기도 해.

라헬 우리 두 사람…… 모두…… 글쓰기는 부질없어요!

박영준 우리 두 사람…… 모두…… 글쓰기는 문학제도를 유지시키는 기능적 속성일 뿐이야!

라헬 기능은 싫은데.

박영준 그래서 내가 너의 소설보다 너라는, 부서지기 쉬운 인간적 총체를 사랑하는 거야. 어쩌면 도저히 말랑해질 수 없는 인간적 총체일 수도 있겠지만.

라헬 당신이 그렇게 말할 때 내 소설이 보잘것없다는 말을 돌려서 하는 것처럼 나는 굴욕감을 느껴요.

박영준   이름과 몸 중에서 어느 것이 더 가까운가?

라헬   당신이야말로 이름과 몸 중에서…… 이름이 가깝죠.

박영준   아니.

라헬   아니긴 뭐가 아니야, 인간적인 체 하지도 마요.

박영준   쳇.

사이.

이정희   저 그만 하려고요.

박영준   너…… 벌써 나랑…… 했잖아……?

이정희   ?

박영준   햇빛 무진장 굴참나무에 기대서…… 하늘부터 노래지
던, 그런 입맞춤.

이정희   아 — 지겨워, 〈빈집〉 38페이지,…… 땡 — !

박영준   분명 우리가 지나간 그 길은 굴참나무 숲 아니었어?……
네 소설을 읽을 때 현실에서 누락되었던 우리의 경험
이 완성되는 것 같아. (웃음) 너와 내가…… 한 줄 알았
지…….

이정희   제 말은 선생님 일을 도울 수 없을 거 같아요.

박영준   연락도 없이 3개월 만에 나타나서는…… 그동안 도대체
어디 있었던 거야?

이정희   내소사 청련암…….

박영준 뭐했는데?

이정희 세바책의 정 실장이란 사람한테 연락이 왔었어요. 라이 징 작가로 선정되었다고…….

박영준 …… 그럴 리가 없는데. 난 너를 제끼고 시인 이수관을 강력히 주장했는데…… (사이) 그래서……?

이정희 미학사에 내기로 한 원고를 거기로 보내기로 했어요.

박영준 뭐라고?

박영준, 벌떡 일어서서 초조하게 서성인다.

이정희 죄송해요…….

박영준 세바책을 누가 움직이고 있는지는 알아?

라헬 ……. (고개를 끄덕끄덕한다)

박영준 …… 알면서?

라헬 갑순이 시집가면 갑돌이 달보고 울어요. 그러다 갑돌이 도 가구요…….

박영준 무슨 소리야? 그건…… 경고하는데 김윤희는 돈 쓴 작 가, 쓴 만큼 뽑아내는 사람이야.

박영준 자, 이제 정리를 좀 해보자.

라헬 죽어도 음정 박자 안 맞고, 죽어도 정리 안 된다니까요, 당신처럼 산만한 사람은.

라헬 …… 정 실장이란 사람이 저에 관해 너무 자세히 알고 있는 거 같아요.

박영준　세바책과의 얘기는 없던 걸로 해!

라헬　싫어요!

박영준　청련암과 스님과 행자, 그리고 나랑…… 목가적 정진시대를 끝내지 말자! 그냥 놀아 나랑! 음정 박자가 꼭 맞아야 하니?! 너…… 허정수 알잖아? 네 말대로…… 거기 시집 시 한편 한편이 다 수작들이라고. 그래도 못 견뎠어! (사이) 어쩌면 그래서 못 견뎠는지도 모르지만. 정수는…… 혜성처럼 나타난 시인 같은 것, 바라지도 않았어. 그냥 나랑 좀 더 놀았어야 했어! 너와 나처럼. 김윤희가 정수를 낚아챘지…… 내게서! 난 허정수를 앞세우고 김윤희가 요구하는 춤을 멋지게 춰줘야 했어…… 그냥 정수가 조금 더 뻔뻔해졌어야 했는데…… 아니 내가 더 놀아줬어야 했는데…….

라헬　김윤희 부장이 저를 만나고 싶다고…….

박영준　안 돼!

라헬　갑순이 가면 갑돌이도 간다니까요……, 선생님도(억장이 막히는 듯) 그 대단한 부인한테…… (사이) 저도 가려고요.

박영준　…… 누구한테?

이정희　세바책 김윤희 부장한테…….

박영준　안 돼.

이정희　태어나고 싶어요! 굴욕을 참고, 모욕을 견디고.

박영준　절대 안 돼!

박영준, 문을 향하는 이정희를 바라본다.

이정희, 반쯤 연 문 손잡이를 놓고, 몸을 돌려 박영준을 바라본다.

목가적 음악은 한동안 멈춰지지 않을 듯.

6장. 2001년 가을, 출판사 사무실.

어둠 속에서 타자기 자판 소리.

이윽고 정 실장, 타자를 멈추고 지문을 읽는다.

1년 후, 2001년 가을, 출판사 사무실.

김윤희와 이정희가 원고를 보고 있다.

노크 소리, 정실장이 들어온다.

한 손엔 결재서류가, 다른 손엔 견과류가 든 봉지를 들고 있다.

김윤희　　?

정실장　　(조심스럽게 입으로 뭔가를 오물거리며 마주앉은 두 사람을 바라보고 앉는다. 김윤희에게는 계속하시라는 몸짓) …… 신경 쓰지 마십시오…….

김윤희　　(결재서류를 보며) 그건?

정실장　　…… 나중에…… (김윤희의 손을 펴서 땅콩을 놓아준다. 이정희를 살피며) 좀 드시지요…….

라헬　　…….

김윤희　　(원고를 읽는다) "글을 파는 것과 몸을 파는 것에 격이 있을까?"

정실장　　(낮게 휘파람 분다)

김윤희　　?

정실장　(계속하시라는 몸짓)

김윤희　"마음을 언어로 번역해 놓은 소설 한 권의 무게는 몇 그램이나 될까? 300g? 500g? 가판대에 올라간 그녀, 작은 손과 창백해진 입술 그리고 또…… 포장지가 개봉되면 드러나게 될 내용물들의 가격은……" 정 실장, 여기 가 봤어?

정실장　어디를……?

김윤희　여—기—?

정실장　글쎄요…… 저는…… 뭐…….

김윤희　갔다는 거야 안 갔다는 거야?

정실장　아니…… 뭐…… 그러니까…… 그곳도 멀쩡하게 유익하고 또 매우 평범한 곳이라서…… 뭐 특기사항이 별로……. (머리를 긁적인다)

김윤희　뭐라는 거야…… 헤어진 남녀가 이런 데서 해후하는 얘기도…… 여러 개 있었던 것 같은데…… 뭐였더라…….

라헬　…….

정실장　현실에서는 우연이 있지만 소설에서는 우연이 있을 수 없다? (이정희를 보며) …… 대충 그런 말씀이신 듯…… 네…….

라헬　…….

김윤희　(원고를 여기 저기 넘겨보며) …… 문법이 맞는 거예요?

라헬　…….

라헬　세세한 교정을 못 봐서…….

정실장 아— 부장님…… 왜 이러십니까…… (민망해서 또 머리를 긁 적인다)

김윤희 이런 부분 여러 군데고…… 여기 교정보는 애들?

정실장 아— 저희는 최강의 정예부대죠…….

김윤희 …… 작가가 깐깐하게 챙기지 않으면…… 내가 체크한 것…… 나중에 확인해 봐요…… 아시겠어요?

라헬 그치만…… 그건 진실인 걸요?

김윤희 (정 실장에게) 작가님에게 최종본을 언제까지 넘겨줘야 할까요? (이정희에게) 뭐라고?

라헬 아니……. (정 실장이 계속하라는 표시)

정실장 그러니까 그게…… 가능한 빨리…….

김윤희 가능한 빨리…… 가 쉽지 않으니 묻는 거 아녜요?…… 이쪽에서 해야 하는 일은 밤을 새서라도 할 생각을 하시고, 작가에게는 시간을 더 주시고…… 네?

정실장 부장님…… 진정하시고…… 이번에는 아몬드로 드시죠. (김윤희의 손을 펴서 아몬드를 올려준다)

김윤희 아까 뭐라고 하셨죠?

라헬 …… 진실이라고…….

김윤희 무슨 진실?

라헬 …… 뭐든 팔면서 존재하는 사람들…….

김윤희 …….

정실장 아— 그 얘기…… 그럼요…… 라헬 씨…… 그냥 넘어가세요……. (눈짓을 한다)

김윤희	?
정실장	아ー 피는 땅긴다잖아요?
라헬	?
김윤희	?
정실장	…… 술김에 뒷모습만 보고 초이스를 했는데, …… 아 뿔싸…… 아침밥상에서 일찍일찍 다니라고 야단쳐놨 더니만…… 아버지가 거기서 어린 딸을 만날 수도 있 는 거죠.
라헬	(얼굴이 하얗게 질린다)
김윤희	(격노한다) 나가!
정실장	이런 관계 정도야…… 거기서 만날 만한 거죠…… 안 그 렇습니까, 라헬 씨?
라헬	(당혹스러움으로 고개 숙인다) …….
김윤희	선데이 서울 기사 쓰니?
정실장	네?
김윤희	정 실장이란 사람은 도대체…… 원고는 읽어 보기나 한 거야?
정실장	그럼요.
김윤희	사표 써.
정실장	아니, 뭐…….
김윤희	그만 나가보라니까.
정실장	아니, 제 생각은 독자들과 이 작품이 만날 수 있는 가장 쉬운 접점에 대해서…….

김윤희 정 실장 생각은 됐고…….

정실장 …….

김윤희 정 실장은 소설 볼 줄 몰라.

정실장 아—

김윤희 아— 뭐?

정실장 신춘문예 작가출신으로 입사해서 지금까지 제가 만든
책이…….

김윤희 장님 코끼리 만졌지, 신춘문예는 무슨.

정실장 좋습니다. 사표 쓰죠.

김윤희 그래.

정실장 대신…… 다섯 번만 그 소리 더 듣고 쓰겠습니다.

김윤희 …….

정실장 사표 쓰라는 말, 제가 지금까지 아흔 다섯 번 들었거든
요. 백번 채우려고요.

김윤희 그러든지.

정실장 빨리 노조나 만들러 가야지.

김윤희 허정수 시인 유족들과는 통화해 봤고?

정실장 네, 그런데요?

김윤희 누구? 부인?

정실장 안 가르쳐줘요!

김윤희 됐어.

정실장 …….

김윤희 나가서 냉수 마시고, 한 시간 뒤에 다시 들어와.

정실장　(파일에서 복사물 하나를 꺼내 놓으며) 이에 굴하지 않고 장수는 천하의 질서를 어지럽힌 적장을 향해 비장의 칼을 뽑았으니…….

김윤희　뭐야?

정실장　몇 년 전에 어느 잡지에서 박영준 선생님이 신인작가들을 총평한 글입니다.

김윤희　그래서?

정실장　라헬 씨에 대한 언급이 있어서요.

김윤희　그래?

정실장　보셨어요?

김윤희　아니.

정실장　……살살 하십시오. 원고 들고 작가님 뛰쳐나가면, 저보고 또 잡아오라고 하실 거잖아요.

김윤희　알았어.

정실장　아― 지난번에도…….

김윤희　알았다니까.

정실장　(나가다) 이 작가님 가실 때 저 좀 잠깐 보고 가시구요? (김윤희의 등 뒤로 갔을 때 귀를 막으라는 시늉)

라헬　(고개를 끄덕인다. 어색한 미소)

김윤희　(복사물을 읽는다)

　　　　"라헬의 리얼리티는 독특하다. 그녀는 창녀들과 거식증에 걸린 여자, 배불뚝이 중년남자와 원조교제에 빠져드는 소녀의 얘기들을 통해 사회적 부조리를 고발하거나

인식하려는 것도 아니다. 추하고 병든 몸들을 통과하면서 라헬은 어느 순간 그 스스로 추하고 병든 몸의 일부가 된다. 안과 밖이 따로 없고, 대지는 열매를 맺지 못해 황폐하고 우주는 교환으로 매개되는 관계 속에서 생기를 잃었다. 거기에는 관찰의 대상이나 관찰자가 없다. 작가는 관찰자이자 스스로가 대상이기 때문이다. 한편, 이 메마른 우주를 응시하는 메마른 시선에도 작가는 여전히 사랑에 대해 말하고 있다." (한숨)

라헬	…….
김윤희	어때요?
라헬	뭐가요?
김윤희	박영준 선생의 평론은…….
라헬	너무 좋은 의도로 읽어주셨지요.
김윤희	그리고?
라헬	글쎄요.
김윤희	그리고?
라헬	네?
김윤희	아니…… 박영준 선생은 잘 알죠?
라헬	아—네.
김윤희	그래요.
라헬	…….
김윤희	(사이) 사랑의 기록에 철저할 필요가 있어요!
라헬	…….

김윤희   왜 더 미칠 것 같은 사랑에 빠지지 않는 거지?

라헬   그게 어떤 건데요?

김윤희   …….

라헬   …….

김윤희   최근 두 작품 중에 하나를 표제작으로 가려는데…….

노크 소리, 정 실장이 들어온다.

정실장   부장님, 허정수 시인 부인, 신혜정 씨가 아까부터 밖에 기다리고 있어요.

김윤희   뭐라고? 그걸 왜 이제야 말해?

정실장   퀵으로 보내기로 했는데, 유고를 퀵으로 보내기가 뭐해서 그냥 들고 오셨다고 하네요. 온 김에 부장님을 잠깐 뵙겠다고 해서…….

김윤희   어서 들어오시라고 해!

라헬   그럼, 전 이만…….

김윤희   네, 또 연락드리죠.

이정희 나가고 정 실장과 함께 허정수의 부인이 들어온다.

김윤희   어서 오세요, (달려가서 양팔로 꼭 안는다. 그러는 사이) 이게 얼마만이에요. 결례를 했어요, 용서하세요.

신혜정   박영준 선생님도 안녕하시지요?

김윤희　그럼요.

신혜정　49제 때도 두 분이 너무 많이 도와주셨는데 변변히 인사
　　　　도 못 드리고…….

김윤희　어떻게 지내시나요?

신혜정　보다시피 아주 잘 지냅니다.

김윤희　최근엔 TV에도 자주 나오시는 것 같던데? 영화도 많이
　　　　하시고…….

신혜정　네, 그렇게 됐어요.

김윤희, 신혜정을 이끌어 소파에 앉게 한다.

김윤희　좋아 보이세요!

신혜정　고맙습니다.

김윤희　49제 때까지만 해도 많이 힘들었는데…….

신혜정　그랬죠. 그때까지만 해도 가끔 여기저기서 이상한 전화
　　　　가 걸려오기도 하고, 그 사람 죽음이 스캔들처럼 받아들
　　　　여지는 것이 너무 괴로웠어요.

김윤희　설마 요새도요?

신혜정　아니요! (사이) 잠잠해졌고요…….

김윤희　아― 네…… 다행이군요!

신혜정　…… 이젠 공허하죠. 잊혀졌으니까요.

김윤희　잊혀지다니요? 저는 아직도 정수를 미워하는데? 허정수
　　　　가 제 연적(戀敵)이었던 것은 아시죠?

신혜정   (웃음) 그이가 가면…… 김 부장님이 늘 안방까지 내주셨다지요?

김윤희   정수가 우리 집에 오면…… 밤새 술을 마셨죠. 삼박 사일 동안 마시기도 했으니까. 제가 퇴근해서 돌아오면 그 둘은 침대에서 자고 있는 거예요.

신혜정   …….

김윤희   아— 그래서 저희가 이번에 유고시집을 중심으로 허정수에 관한 기획을 준비하고 있어요. (사이) 우리가 전에 이런 말을 했었죠?

신혜정   49제 때 그런 말을 잠깐 하긴 했었죠.

김윤희   정말 미안해요.

신혜정   무슨 말씀이세요?

김윤희   좀 더 서둘렀어야 하는데…….

신혜정   아, 얼마나 팔린다고요? 폐만 될 텐데…….

김윤희   혜정씨,…… 시집들이 얼마나 잘 팔리고 있는데요, 기운을 내세요. 정 실장!(밖에 대고 부른다) 인세는 어떻게 돼? 어떻게 제대로 지불되고 있어?

신혜정   저기…….

김윤희   ?

신혜정   그이가 그렇게 이상하게 죽고 나서 출판사도 힘들었다는 얘기 들었어요.

김윤희   …… 경찰조사가 나왔었죠…… 간판 걸고 장사하는 사람은 경찰 조사, 세무 조사 그런 게 저승사자 기침 소리 같은 거예요…… 털어서 먼지 날리면 장사 꽝이거든요.

신혜정 (유고를 뒤적거리면서) …… 그러니까 왜 그렇게 께름칙한 일에 또 다시 연루되려 고 그러시는지…… 우리는…… 그 사람에게 지금 또 뭘 바라는 거죠?

김윤희 혜정 씨―

신혜정 고인은…… 이제야 영면을 택했답니다!

김윤희 …….

신혜정 그 사람에게 또 입을 열게 하고…… 상처와 고통의 사리와도 같았던…… 그것들을 낯선 그들에게 전시하라고요? 스캔들을 팔아먹고 사는 당신들…… 안락의자에 앉아 그 사람의 시를 들여다보고…… 커피의 새로운 맛을 원하는 것처럼 그 사람 시를 원했던 당신들…… 제게는 그것조차도…… 잔인해요!

김윤희, 의자에서 일어나 신혜정의 발치에 다가가 앉는다.

신혜정 …… 한 순간도 안식을 모르던 그 사람, 언제나 부끄러워하고…… 바람이 불면 휘청대듯 걸어갔던 그 사람 뒷모습을 생각하면…… 아― 죄송합니다, 이런 행패를 부려서…….

김윤희 …….

신혜정 그러나 유고를 내는 것이…… 그 사람 뜻일지 생각하게 돼요. 이걸 보세요. "쓰레기 문자더미들아 엿 먹어

라?…… 바코드가 찍힌 사랑이여 엿 먹어라?…… 생쥐
들의 세상…… 장사꾼들의 세상아 엿 먹어라?"

김윤희 …….

신혜정 그 사람 시집이 나왔을 때…… 잠잠했어요. 그러다가 그
사람이 그렇게 죽고 나서야 시집이 팔리기 시작했죠. 네,
날개 돋친 듯이! 덕분에 저도 잘 팔리게 되었어요.

김윤희 죄송합니다…… 제가 허정수의 시집을 냈어요! 안 내겠
다는 사람을 이리저리 구슬러대서.

신혜정 …….

김윤희 유족들께서 원하지 않으시면…….

신혜정 아—

김윤희 …….

신혜정 부장님…… 그 사람의 유고를 이것저것 열어보지도 않
고 여기로 가져왔어요…… 정수 씨를 영원히 떠나고 싶
거든요.

김윤희 …….

7장. 2001년 가을, 공원.

어둠 속에서 타자기 자판 소리.
이윽고 정 실장, 타자를 멈추고 지문을 읽는다.

몇 주 후 2001년 가을, 공원
헤어진 연인들이 만났을 때, 비록 헤어졌지만 한순간에 다시 마음
이 녹고 언제라도 서로에게 다가갈 수 있는 여지는 남아있다. 연인
에게 사랑은 잠시 멈춰질 수는 있어도 완전한 이별이 불가능하다.
이 장면은 쓰라린 이별 후에도 언제나 다시 시작되는 정희나 영준
의 계속되는 사랑, 그것은 그들이 함께 보는 환상이나 유머 같은
것에서 시작된다.

박영준   아내가 별 말을 하지 않고, 나도 묻질 않으니 네 일이 어
떻게 흘러가고 있는지 잘 몰라.

라헬   저도 모르겠어요.

박영준   어디까지 갔는데?

라헬   원고를 빼고 출판을 포기하고 싶어요.

박영준   왜 내 아내가 네 머리채라도 잡았어?

라헬   (어깨 으쓱)

박영준   그렇구나.

라헬	아내의 사랑을 과신하시는군요.
박영준	(어깨 으쓱)
라헬	꼭 책을 내야 하나요?
박영준	물론 책을 내지 않아도 돼! 순둥아! 아무도 너에게 출판하라고 칼을 들이대는 건 아니니까.
라헬	그렇겠죠?
박영준	자 이제 편안하게 고해성사를 해볼래.
라헬	이도 저도 부질없는 짓거리로 보여서요.
박영준	아―하!
라헬	이미 태어난 것도 후회막급인데 또 태어나려는 몸부림이 허망해서요.
박영준	아―하
라헬	글쓰기라는 도취의 공간이 가격표가 붙은 가판대로 변했어요.
박영준	아―하, 약에서 깨어났군, 아무래도 용량을 더 늘려야겠어. 좋아, 그리고 또…….
라헬	내 소설은 병일까요? 약일까요?
박영준	글쎄…….
라헬	내가 앓았던 병을 세상 속으로 퍼뜨리려고 하는 것 같아요.
박영준	그건 범죄야!
라헬	맞아요! 범죄…… 바이러스를 퍼트리는 것…….
박영준	어차피 넌 세상 싫어하잖아. 마구 퍼트려 버려. 그 바이

러스…….

라헬   세상을 증오하면서 글을 썼는데, 이제는 세상의 눈치를
         봐요…….

박영준 오! 내 귀염둥이 뻐꾸기! 너의 증오가 세상을 전복시키
         진 못해도 너의 귀여움이 나를 전복시키는구나!

라헬   그만 하시죠!

박영준 좋아, 글쓰기의 욕망, 중생의 미망이 사라지고, 글쓰기와
         함께 할 생의 의지도 네 발목을 잡아채지 못하게 되었으
         니 넌 태어나기도 전에 조로해서 이제는 열반의 세계에
         들어가야겠구나.

라헬   …… 열반의 세계로 가기에는 번민이 너무 많아요.

박영준 때와 먼지, 욕망으로 얼룩진 네 책의 역사를 생각해보렴.
         역사란…….

라헬   내 글쓰기는 한때 촛불이었어요.

박영준 촛불?

라헬   …….

박영준 전깃불 환한 세상에 웬 촛불? 화톳불이나 난로불도 있고
         아니면 화염병이라도 되지?

라헬   내 글쓰기는 그 무슨 소용을 위해 존재하고 싶지 않아요!

박영준 알았어!

라헬   나팔수!

박영준 알았어!

라헬   장사꾼!

박영준   ······.

라헬   포주!

박영준   ······

라헬   난 몸은 팔 수 있어도, 글은 팔지 않을 거야!

박영준   진정해, 좋아, 촛불이라고 해두자,······ 촛불이 더 좋은 것 같아. 응?······ 내 경우에는 몸도 팔고 글도 팔아, 너도 몸만 팔지 말고 글도 팔아야 하는 거야······ 그게 정답이야······.

라헬   ······.

박영준   비평의 사명으로 이 정도 인간적인 아픔은 개의치 않아야겠지. 이해하지?

라헬   ······

박영준   ······ 네 글뭉치의 꼬락서니를 봐라. 넌 네 친구와 애인의 기대를 싹둑 잘라 먹고 책의 운명을 만들었어. 네 책은 범죄자고, 살인자야. 태어나지도 않은 네 책의 최대 피해자는 바로 나야! 넌 책을 위해 나의 가엾은 작은 사랑을 버리고 더 큰 힘을 발휘할 수 있는 내 아내에게 가 버렸잖아!

라헬   아, 어지러워.

박영준   왜? 내 비평의 잣대가 너무 정확해서 허가 찔렸어?

라헬   듣는 벌레 개의치마시고, 비평의 저울질을 계속하시죠, 선생님! 정—확하게.

박영준   이제 내 아내는 너와 네 책을 위해 숭고한 사랑을 바치고 있는데, 우리 모두의 숭고한 뜻이 펼쳐진, 이 제의에서 너는 또 발을 빼겠다고?

라헬 아무래도 대오각성해서 현자가 되고 싶은 건 아닐까요?

박영준 현자는 무슨 개뿔!

라헬 선생님 아내와의 책이고, 선생님과의 도덕적 수치도 다 내려놓고……

박영준 그냥 내 품으로 돌아와 훌쩍거리면서 어리광이나 피우고 싶은 생각은 아니고?

라헬 머리 깎고 산으로 갈까……

박영준 왜 식욕과 성욕이 함께 증가하는 것 같지는 않고?

라헬 당신의 독설이 숙취해소에 도움은 되는 것 같아요.

박영준 이런 앙큼한 것!…… 살아나고 있는 것 같은데?

라헬 …….

박영준 네가 나를 유혹하는 유일한 무기는 그런 멍청함이다.

라헬 당신이 나를 유혹하는 유일한 무기는 그런 뻔뻔함이고요! 폭군이시여, 진실을 허위로, 허위를 진실로 전도시키는 미친 저울의 폭군이시여.

박영준 네 날갯짓이 아직은 대기의 오염을 감당할 수 없는 것이라면 여기로 (자신의 가슴을 탁탁 친다).

라헬 거기는 더 위험한 곳이죠, 안개의 맹수여.

박영준 아닌데.

라헬 ?

박영준 너는 결코 대오각성을 해서는 안 된다.

라헬	저는 대오각성을 결심했는걸요.
박영준	우리는 결코 현자가 되어서도 안 된다.
라헬	저는 타고난 현자인 걸요.
박영준	그럼 네 타고난 밝음에 여러 겹의 장막을 둘러봐.
라헬	소용없어요. 여러 겹의 장막이라도 한 줄기 빛을 감당하지 못해요.
박영준	현자의 대오각성이 해탈에 이르기 전에, 우리는 우리 자신의 어리석음과 비열함을 더 사랑하고 그 속에 머물러 있을 줄 알아야 한다.
라헬	그건 감당하기 너무 어려워요.
박영준	사랑이란…… 그런 거야.
라헬	아 고통스러워!
박영준	그 고통만이 네 생을 유지시키는 유일한 엔진이란다. 고통 때문에 가슴이 벅차오르지 않니?
라헬	…… 들으면 들을수록 고독해져!
박영준	고독 속의 너야말로…… 네가 영원히…… 내 사람임을 일깨워주지. 너는 나와 함께 이 진흙놀이를 계속하면서 손에 때를 더 묻혀야 해.
라헬	손 씻었다고요.
박영준	내 아내에게 나를 돌려주겠다는 사양지심일랑 버리도록 해.
라헬	…….
박영준	너의 도덕적 결벽주의는 아무짝에도 쓸모없는 것이야.

시비지심, 수오지심, 인의예지도 역시 정중히 거절하기
바란다.

라헬   아, 어지러워.

박영준   너와 함께 성숙과 해탈을 거부하면서 내 생의 마지막 위
안을 누리고 싶구나.

라헬   당신의 뻔뻔함이란! (혼잣말을 하듯) 확 깨물어 버릴까봐!

박영준   만약 각성하는 네 정신의 불을 네 손으로 도저히 끌 수
가 없다면, 그걸 예상해서 나는 이미 약을 준비해 왔다.
이 약으로 말할 것 같으면…….

슈베르트 음악과 함께 한동안 시간이 흐른다.

라헬   광화문의 대형서점에서…… 어떻게 서적 보관실에서 목
매달아 죽을 생각을 할 수 있었을까요…….

박영준   따로 약속을 정하지 않으면 거기서 만나곤 했지?

라헬   서적 보관실에서요?

박영준   아니 ― 그 서점에서. 난 서적보관실이란 건 어떻게 생겼
는지도 몰랐지.

라헬   바코드가 찍힌 사랑아 엿먹어라!

박영준   그 구절 때문에 김윤희 부장이 애 좀 먹었지.(웃음)

라헬   왜 그랬을까요?

박영준   …….

라헬   거기서 얼마나 있었나요?

박영준 밤에 들어가서 다음날 아침에 발견된 것 같아. 정수가
더 버텼어야 했어.

박영준은 서고들 사이, 그 어딘가에서 매달린 허정수의 모습을 떨
쳐버리려는 듯 머리를 도리질 한다.

라헬 …… 힘 드셨을 것 같아요.

박영준 정수가 죽지 않았다면…… 어쩌면 우리는 만나지 못했
을 거야.

라헬 …….

박영준 내가 지금처럼…… 네게 매달리고 애원하고 따라다니
고…… 그러지 않았을지도 몰라.

라헬, 박영준의 얼굴을 감싸고 그의 이마에 입 맞춘다.

라헬 아— 사랑해요.

사이.

박영준 그만 일어날까? 내일 오전에 수업이 있어서.

라헬 너무 늦었죠?

박영준 괜찮아, 대학교수가 다 좋은데 말이야, 수업이 문제라
니까.

라헬	…….
박영준	내일은 뭘 가르치지? 네가 좀 가르쳐 줄래?
라헬	(웃음)
박영준	가끔 그런 생각, 한다. 나는 마약을 파는 사람 아닌가? 대학에서 문학이나 예술을 가르친다는 것은 어린 학생들의 심장을 서서히 못쓰게 망쳐놓는 일이지. 환영의 힘을 강변하면서 애들을 특정한 감정에만 반응하는 중독자로 길들이는 거야. 그 상태로 일정 기간을 경과하면 아무리 싱싱했던 애들이라도 서서히 반편이가 돼.
라헬	…….
박영준	아, 참, 내가 넘긴 평론은 봤다고 했지?
라헬	…… 출판사에 갔을 때 대충만…….
박영준	마음에 들지 않아?
라헬	…… 감사할 뿐이죠.
박영준	감사하면…… 쓸데없이 힘 빼지 말고, 끝까지 마쳐라…… 응?
라헬	…….
박영준	자, 간다.
라헬	네.
박영준	전화할게.
라헬	네.
박영준	(저만치 걸어가다 뒤돌아 보며) 전화할게.
라헬	네.

돌아서서 가는 박영준의 긴 그림자.

공원 벤치에 웅크리고 앉아있는 이정희. 밤인지 가로등이 켜져
있다.

8장. 1998년 봄, 정신병원의 휴게실

어둠 속에서 타자기 자판 소리.

이윽고 정 실장, 타자를 멈추고 지문을 읽는다.

봄비가 내리는 어느 봄날, 3년 전 1998년 봄 정신병원 휴게실

신혜정　…… 연습도 없이…… 이런 땐 어떻게 연기해야 하죠?

김준영　제수씨 생각에도…… 의사가 하는 말처럼…… 정신분열 증까지 간 것 같아요?

신혜정　…… 모르겠어요.

김준영　…… 멀쩡한 놈이…… 길 가는 모르는 할아버지에게 느닷없이 달려드냐고요…….

신혜정　모르는 사람은 아니었고요…….

김준영　그럼 아는 사람이란 거예요?

신혜정　그 집으로 이사하고 나서 줄곧 그 할아버지가 누렁이를 끌고 그 골목을 왔다 갔다 하는 걸 봤어요. 비가 오나 눈이 오나…… 누렁이를 끌고 동네를 돌았죠. 그 할아버지의 유일한 인생은 누렁이랑 싸우는 일인 것 같았어요. 개가 똥을 싼다고 때리고…… 또 어떤 땐 안 싼다고 때렸어요. 깨―갱 거리는 소리가 창문을 타고 들렸으니까요. 몇 년 동안 정수 씨는 그 소리가 넌덜머리난다고 했죠.

김준영　발밑 개미 한 마리도 피해서 갈 놈이…… 백주 대낮에 멀쩡한 남의 개를 때려 죽였어요.

신혜정　…….

김준영　…… 할아버지를 때려죽이지 않고 개를 죽여서 그나마 다행이지…… 비참한 인생아…… 너는 왜 사니…… 끔찍하다…… 그러면서 가공할 힘으로 개를 때렸다는데…… 할아버지 말로는 광인의 광증이 아니라면 도저히 그럴 수 없었을 거라고 하더라고요.

신혜정　…….

김준영　제수씨…… 정신과 의사놈들 말은 반만 흘려들어야 한다는 것 아시죠?

신혜정　네.

김준영　그놈들, 병원, 기본적으로 인간백정들이예요.

신혜정　…….

김준영　저한테는 솔직하게 말씀해주셔야 해요. 정신분열증의 지표가 있거든요…… 쉽게…… 정수가 환청이 있는 것 같아요?

신혜정　글쎄요.

김준영　…….

신혜정　그이가 가장 건강했을 때…… 시를 가장 많이 썼을 때, 그이는 사람들, 사물들의 비밀을 가장 많이 들었으니까요. 제가 듣지 못한 걸 그이는 늘 들었어요.

김준영　그럼…… 환시는요?

신혜정 글쎄요.

김준영 ······.

신혜정 시를 가장 많이 썼을 때에도, 그이는 사람들, 사물들의
비밀을 가장 많이 보았으니까요. 제가 보지 못한 걸 그
이는 늘 보았어요.

김준영 그런 것 말고····· 좀 더 일상적 모습으로 보면? 진짜 분
열증 환자들은 유령 같은 것, 뭐 그런 초자연적인 것들
을 본다고 그래요.

신혜정 시를 많이 썼을 때와 달라진 것이 하나 있긴 하죠······
(사이) 일거리조차 하나둘 끊기고, 집에 틀어박혀 있는 시
간이 길어지면서, 자꾸 커튼을 치는 거예요. 어느 날 제
가 커튼을 확 잡아당겼어요. 그랬더니 창 밖에 누가 있
다는 거예요. 누구냐니까, 자기를 감시하는 사람이래요.
가슴이 철렁 내려앉아서 무슨 소리냐고 다그쳤더니, 그
놈 말고 한 놈이 더 있다는 거예요. 자신의 일거수일투
족을 감시할 뿐더러, 그것을 감시자에게 보고하고, 세상
에 소문내는 역할을 맡은 놈이래요.

고요를 가르고, 채찍소리, 비명소리, 웃음소리, 환청처럼 들린다.
두 사람, 서로를 바라본 채 경악.
소리는 시작처럼 그렇게 쉽게 멈춘다.

김준영 지랄 같은 소리하고 자빠졌네······.

신혜정 ······.

김준영 (사이) 풍문을 만들어내고······ 감시하고······ 우리가 속해서 사는······ 질서 아닌가?

신혜정 ······.

김준영 의사들은 그걸 피해망상이라고 하죠. 근데 그게 피해망상인가?······ (사이) ······ 어쨌든······ 그런 걸 언제부터 말하기 시작한 것 같아요?

신혜정 몇 달 됐어요.

김준영 ······.

신혜정 진짜 중요한 걸 아직 의사한테 말하지 않았어요.

김준영 뭐? 약?

신혜정 우선 급발성 정신분열증 진단으로 이번 일의 형사처벌은 면해볼 생각이었고요······ 마약한 게 알려지면 나중에 병원에서 나가도 정수 씨에게 불이익이 올 것 같아서요.

김준영 ······ 말할 필요 없어요.

신혜정 ······ 검사하다가······ 혹시 그 성분이 나오지 않을까요?

김준영 에 — 이······ (사이) ······ 얼마나 한 것 같은데요?

신혜정 모르죠······.

김준영 ······ 최근에 혼자서 했다고요? 지가 돈이 어딨어서?

신혜정 모르겠어요. 그 정도나 빈도는.

김준영 혜정 씨······ 걱정하지 마, 우리 젊었을 때부터 장난으로 가끔 했어······ 우리 순둥이들이 현실을 폭행하지 못하

니 우리 자신이라도 폭행해볼까…… 이런 신소리들 하
면서…….

신혜정 김 선생님도 마약 하셨다고요?

김준영 나?…… 물론 난 아니지, 잠시라도 그런 유혹에 들기엔
난 싸울 대상과 방법이 언제나 명확했으니까…… 난 주
먹을 쓰는 사람이고, 내 주먹이 날아가야 할 대상은 언
제나 현실이었어. 영준이 이 순둥이 놈들은 그게 아니
니까…… 사실은 영준이가 문제지…… 그놈이 꼭 어디
가서 구해왔는지 가져온 놈은 그놈이었어요…… 정수
가 영준이가 아니라면 그걸 어디서 구할 위인도 못되는
데…… (사이) 여기서 좀 쉬라고 해…… 조만간 데리고 나
가야지…….

핸폰 울리는 소리

9장. 2000년 겨울, 수유리 오피스텔

어둠 속에서 타자기 자판 소리.
이윽고 정 실장, 타자를 멈추고 지문을 읽는다.

가재도구나 여행용 가방, 책, 원고 등이 여기저기 흩어져 있어 폭격
직후의 폐허를 방불케 한다.
지난날의 짧았던 영화와 지금의 폐허를 애도하는 슈베르트 음악
흐른다.

라헬   …….

박영준   (아이러니하게) 그래, 내 스타일이야.

라헬   …….

박영준   머리 아픈 건 좀 나았니?

라헬   약은요?

박영준   그래, 오는 길에 사왔지.

이정희, 약을 받아 주방 쪽으로 간다.
다시 돌아와서.

라헬   (열쇠를 건네며) 일단 이것부터 챙겨두세요.

박영준   뭐야?

라헬   이 공간을 만들려고 당신이 무리를 했을 거예요…… 돌려드릴게요.

박영준   자─ 무슨 뜻인지 알아.

라헬   …….

박영준   잠시만 시간을 다오.

라헬   …….

박영준   좋아, 열쇠는 내가 잠시 갖고 있을게. (열쇠를 받는다) 들고 있으면 너 팔 아프니까.

라헬   …….

박영준   넌 여길 떠날 거라는 얘기지?

라헬   내일 새벽이 오기 전에.

박영준   내가 보낼 수 없다면.

라헬   거짓말쟁이! 선생님은 이미 날 여러 번 보내버렸어요.

박영준   …….

라헬   자 보세요. 여긴 끝장이 났어요.

박영준   …….

라헬   …….

박영준   정희야…… 뭐부터 얘기하나…… 그래…… 난 어제 밤에 아주 새로운 경험을 했어…… 이걸 네게 얘기해주고 싶어…….

라헬   어제 밤에 부부는 그들의 신성한 가정에 도둑처럼 스며든 한 침입자를 발견했겠죠?

박영준   글쎄? 정희야…… 어쨌든 난 파괴를 좋아하지 않는다.

금이 간 항아리라도 그걸 못 견뎌서 바닥에 던져 박살을
내는 일은 무의미하다고 생각하지.

라헬 하!

박영준 그건 그것대로 흔적을 안고 생을 이어갈 충분한 이유가
있는 거야. (사이) 어제 밤에 아내와 난 사업에 대해서 얘
기를 했어.

라헬 저랑 계약한 일이겠죠?

박영준 물론. 그치만 너랑은 사업 얘기가 급하지 않아.

라헬 ······.

박영준 우린 농담이 필요해. 자, 아까 얘기하려고 했던 대로, "난
어제 밤에 아주 새로운 경험을 했어"로 돌아간다.

라헬 ······.

박영준 중요한 건······ 너 이거 네 작품에 써먹었으면 하는 거
야······.

라헬 아주 고맙군요!

박영준 너 이거 삼삼한 소재야······ 잘 되면 소재 제공 조로 저
작료에서 나랑 분빠이?

라헬 뭐―야!

박영준 옳지, 이제야 땅기는군!

라헬 3분 안에 유혹하지 못하면 땡!

박영준 에―라이!

라헬 전 바로······ 나갑니다!

박영준 그래, 해볼게······ 첫줄은 이렇게 시작되는 거야······ 아

내의 고통스러운 의심의 눈길이 닿기 전까지 그는 자신이 다른 여자에 대한 욕망이 있을 수 있다는 것을 알지 못했다. 아내가 순희는 당신 여자인가요, 라고 물을 때, 그는 그 말이 주는 울림이 너무 사랑스럽다고 느낀다. 그래서 하마터면, 그래 순희는 내 여자이지, 라고 답할 뻔했다…… (사이) 어때?

라헬 끝?

박영준 아니…… 그리고 다음 순간 그는 주체할 수 없이 터져 나오는 웃음을 참느라, 벌어지는 입을 단속하면서 자문해본다. 내 어머니도 아니고 내 아내도 아니고 내 정부? 이건 너무 겁나고…… 내 여자 친구도 아니고 내 여자라는 건……, 그럼 뭘까? 고개를 갸웃거리면서 한참을 생각해본다. (고개를 갸웃해 본다)

라헬 (푸–하하 웃는다) 웃겨…….

박영준 사랑의 언어로 인류가 처음 키스를 발견한 순간처럼, 그는 이 굉장한 단어를 발견했다. 내 여자…… 한 단어의 도취가 내 현실을 변화시키지…….

라헬 땡!

박영준 탈락?

라헬 더 들어 볼 것도 없어!

박영준 아주 불행한 일이군! 난 이걸 영감에 찬 멋진 소재로 안고 여기로 한걸음에 달려 왔는데.

라헬 (웃음) 그래도 난 좀 웃었어요.

박영준   그래…… 널 유혹하진 못했지만 웃겼으면 됐어. 자, 이제
         정리를 좀 해보자.

라헬   죽어도 음정 박자 안 맞고, 죽어도 정리 안 된다니까요,
         당신처럼 산만한 사람은.

박영준   좋아…… 산만한 대로 사는 것도 하나의 방법이다. 정리
         할 것 없고 이대로 죽 가자. 난 물론 어제 밤에 새벽닭이
         울기 전에 세 번 널 부정했어, 그러나 넌 예수가 아니잖
         니? 넌 안전해. 그리고 여긴 아무도 몰라. (주머니를 뒤진다)

         이정희의 핸펀이 울린다.

박영준   (열쇠를 건네며) 다시 넣어둬라.

라헬   (발신자를 확인하고) 김준영 선생님이신데요.

박영준   (어깨 으쓱)

라헬   여기로 오라고 할까요?

박영준   …….

라헬   …… 수유리로 오겠다고 했었거든요.

박영준   (당황해서 얼굴이 일그러진다) 준영선배가 여기 온 적 있어?

라헬   …… 없었어요…… 전 여길 청산했어요.

박영준   …….

라헬   과거가 된 일로…….

박영준   …….

라헬   친구들에게 더 이상 거짓말하고 싶지 않아요.

박영준	너에게도 이런 비열한 구석이 있었던 거야?
라헬	…….
박영준	네거리에서 내 두 손을 묶어놓고 아랫도리를 벗기려드는구나!
라헬	…….
박영준	늘 나를 회색주의자라고 비난하는 준영 선배가 지금은 뭐라고 할지 궁금하군.

다시 핸펀이 울리고 끊어지는 사이.

박영준	(열쇠를 자신의 주머니에 넣으며) 알았다! (사이) …… 옳은 결정인지 모르겠지만 어쩔 수 없는 상황도 있다. 네 손을 놓으마.
라헬	오, 현명한 선택!
박영준	그럼 이제 우리의 저울은 공평하게 수평이 된 건가?
라헬	맞아요! 당신은 당신의 선택을 전 저의 선택을 마지막 지점까지 밀어붙여서 얻어낸 결과가 이거예요. 저울의 수평?
박영준	수평은 그저 수평인 상태, 고독이야, 황량한 벌판이야, 끝인 거지.
라헬	…….
박영준	어쨌든 난 내 삶이 엉클어지는 것은 용납할 수 없다. 내가 고독으로부터 도피해서 너와 함께 이 관습 사회를 위

협하는 가미가재 일병이 될 수는 없는 것 아니겠니?

라헬   그럼요, 지당한 말씀! (폐허가 된 공간을 가리키며), 어차피 여기 긴 끝장이니까요.

박영준   여긴 내게 유일하게 뭔가를 허용했던 공간이다.

라헬   뭐가 허용됐죠?

박영준   글쎄…… 어쩌면 망각? 어쩌면 영영 잃어버리고 싶지 않은 뭔가에 대한 도취?

라헬   …… 쳇 너무 어려운 말이잖아!

박영준   여기에 흠집을 내고, 끝장으로 몰고 간 건 내가 아니고 너야!

라헬   추락하는 내 손을 놓아주서서 고마워요!

박영준   넌 날아갈 뿐이야.

라헬   그렇게 해석해주시니 그 또한 고맙군요!

박영준   어디로 가니?

라헬   여기 아닌 다른 곳으로.

박영준   이제 난 뭘 하지? 갈까? 네 가방을 싸줄까? 아니면 여기 살림 차리면서 함께 사들인 세간이라도 공평하게 나눌까?

라헬   …….

박영준   …….

슈베르트의 〈마왕〉 고조되면서 암전.
커다란 쓰레기봉투와 그 안에 폐기시킨 물건들이 눈에 띈다.

라헬	(메모를 건넨다) 미리 예약해둔 중고가구점 전화번호예요.
박영준	그래도 이 책장만큼은 네가 가져갔으면 하는데…….
라헬	아니요, 책장, 침대, 농은 모두 거기로 보내시면 돼요. 1년도 안된 새것이라고 제가 가격까지 흥정해놓은 걸요.
박영준	참, 세심하게도 배려했군.
라헬	이 침대는 매트리스가 좋고 책장은 튼튼해서 좋은데…… 헐값에 넘기려니 아깝죠.
박영준	난 이 싱글 침대에 대해서는 미련이 없다.
라헬	알아요! (아이러니하게)
박영준	네가 싱글침대를 고집할 때부터…… 내 알아봤다!
라헬	더블은 생각만 해도 끔찍했어요!
박영준	덕분에 난 여기서 똥마려운 강아지였어. 이 침대는 살 때부터 불길한 징조였고, 화근이었다. 처음부터 나를 위한 자리는 없었어. 그럼에도 난 이걸 사줬어. 이 침대는 결핍이야. 난 언제나 여기에 나를 위한 자리가 있기를 원했어.
라헬	전 여기서 꿀처럼 단잠을 잤는데, 방세 걱정 없이.
박영준	벼락이 쳐도 넌 요람에 누운 아기처럼 잘만 자더구나.
라헬	내가 그랬나?
박영준	넌 바구니에 담겨 강물을 따라 떠내려 온 아기처럼 내게 왔어. 어떻게 강물 속의 아기 바구니를 모른 체할 수 있었겠어?
라헬	아무도 당신을 비난하지 않아요.

박영준   위로해줘서 고마워.

라헬   ······.

박영준   책들은?

라헬   그것도 다 버리고 갈 거예요. 고를 수가 없으니까······.

박영준   여행을 가는 거면 언제 돌아와?

라헬   아니, 이사······.

박영준   그렇지, 이사.

라헬   여기서 나갈 때 제가 가져갈 수 있는 최대치는 저 가방 두 개에요. 딱 두 권 골랐어요.

박영준   뭔데?

라헬   알아 맞춰보세요.

박영준   뭘까?

라헬   ······.

박영준   아마도 네 데뷔작이 실린 잡지 그리고 문학에 대한 너의 끝없는 사숙을 부채질했던 내 평론집, 그렇게 요약되는 것 아냐? 그런데 정말 넌 내 평론만 사랑한 거야?

라헬   또, 또 시작이다!

박영준   인간 박영준에겐 너무 가혹한 거 아냐?

라헬   당신이 아기바구니에 담겨 강물을 따라 떠내려 오면······.

박영준   ······.

라헬   그땐 당신이 그랬듯 보살펴주고 귀여워해줄게요.

박영준   그러면 추운 날엔 오바로 감싸서 업어줄래?

라헬	누가 안 보는 골목길에서만 업어주지 않고, 대로변에서 도요.
박영준	그러면 밥도 사주고, 그래 가끔은 내가 좋아하는 인도식 카레도 해주고 그럴래?
라헬	밥 사주고 요리도 해주고, 뿐만 아니라 집도 주고, 용돈도 주지만 그러고 나선 꼭 똥마려운 강아지처럼 굴지는 않을래요.
박영준	그러면 인색하게 굴지 않고 사랑한다는 말도 해줄래?
라헬	아내와 친구를 불러서 여자가 생겼으니 새로운 삶을 시작하겠다고 말해 줄래요.
박영준	그러면 늙은 놈이 어린 애인에게 오려고 다 큰 자식들 앞에서 부끄러운 줄도 모르고 거짓말을 입에 달고 사는 것도 해줄래?
라헬	죽을힘을 다해도 내가 당신에게 다가갈 수 없는 것처럼, 당신이나 나 같은 사람에게는 맨살이 불가능해. 우린 사랑의 장애아들이야!
박영준	아닌데.
라헬	아니긴 뭐가 아니야, 당신이 누군가를 사랑한다는 것은 불가능한 일이야.
박영준	쳇. 그러는 너는?
라헬	글은 우리의 비무장지대야.
박영준	우리가 남북으로 갈라져 무력 대치하는 상황이 되어도 거기서 만날 수 있는 거야?

라헬 우리 같은 장애아들이 맨살로는 만날 수 없으니, 비무장
지대에서 서로의 글이나 쓰다듬어주자고요.

10장. 1999년 겨울, 강남의 바

어둠 속에서 타자기 자판 소리.

이윽고 정 실장, 타자를 멈추고 지문을 읽는다.

1년 전 1999년 겨울, 강남의 바.

바의 음악 소리 높다.

짙은 화장의 이정희가 바를 가로질러 가고 있다.

박영준　청련암!

라헬　네?

박영준　일 년 전. 내소사 경내 청련암! 방학되면 놀러 가겠다고 했는데…… 갑자기 미국에 가야할 일이 생겨서…… 내가 약속을 안 지켜서 반갑지 않은가 보지?

라헬　손님, 반갑습니다. 어디 불편하신 건 없으신지요?

박영준　날 알고 있지?

라헬　우린 지금 막 알게 됐지만, 조만간 더 많은 걸 알게 될 것 같군요!

박영준　당신 눈에 이미 쓰여 있는 걸,…… 날 알고 있다고…… 무척 반가운데…….

라헬　글쎄요…….

박영준　무척 반갑지 않기도 해…… 청련암 아가씨가 왜 여기 있을까, 해서.

라헬 글쎄요…… 여긴 매우 멀쩡한 곳입니다.

박영준 그렇지, 내소사만큼이나 멀쩡한 곳이지, 그렇다면 그때처럼 아가씨도 허물없이 대해야 하지 않을까?

라헬 에라 ─ 모르겠다! 정말 깜짝 놀랐어요, 너무 반가워요!

박영준 그렇지? 나도 너무 놀랐어!

라헬 혼자 오신 거예요?

박영준 보시다시피…….

라헬 그렇군요…….

박영준 음정 박자 죽어도 안 맞는 행자는 여전한가?

라헬 (웃음) 음정 박자 죽어도 안 맞는 행자님의 염불 소리는 아직도…… 정진 중이시죠.

박영준 이름이…… 정희…… 이정희, 아니었나?

라헬 쉿!

박영준 왜?

라헬 그 이름은 여기선 안 돼요!

박영준 그렇군! 그럼 뭐라고 부르지?

라헬 글쎄요…….

박영준 글쎄라니…….

라헬 순희나 순자? 아님 미스 김도 좋고요…… 아무 거나…….

박영준 여기선 뭐라고 부르지?

라헬 그냥, 아무 거나? 그때 그때 다르죠. 주로 부르는 이름이 있기는 하지만, 선생님께는 그 이름을 가르쳐주기 싫어졌어요, 갑자기…….

박영준 그럼…… 내가 하나 지어줄까?

라헬 네.

박영준 라헬…… 어때?

라헬 라헬이라면…….

박영준 야곱이 오랜 여행에 지쳐서 어느 마을의 우물가에 도착했을 때야. 거기서 양떼에게 물을 먹이러 온 아름다운 처녀 라헬을 처음 만나지. 첫 눈에 사랑한 라헬을 얻기 위해 야곱은 라헬의 집에서 7년을 머슴으로 일하지, 7년이 지나고도 라헬을 얻지 못하자, 야곱은 그 다음 7년을 또 머슴으로 일해…….

라헬 저를 위해 14년을 머슴으로 살아줄 남자는 없겠지만…….

박영준 (웃음) 왜 그렇게 생각해? 라헬이 꼭 당신 같았을 거야…….

라헬 순희나 영자보다는 낮겠죠?…… 여기, 우물가 맞아요―.

박영준 누가 아니래?

라헬 (웃음) 선생님은 야곱?

박영준 아니, 사실 난 야곱을 좋아하지 않아~!…… 야곱처럼 거대한 살림을 일구고, 제단을 만들기엔 좀 산만하지!

라헬 그렇군요!

박영준 우물가에서 라헬을 사랑한 야곱이 그나마 봐줄만 하지!

라헬	그렇군요!
박영준	여기 근무를 계속해야 하나?
라헬	왜요?
박영준	친구로 있고 싶으니까…… 여길 나가고 싶어서…….
라헬	(농담이다) 선생님이 저기 카운터로 가셔서 제 말씀을 하시고, 돈을 지불하시면, 제가 여기서 나갈 수 있어요!
박영준	아― 우물가의 나의 라헬! 가엾은 것!
라헬	전 여기서 모험을 즐겨요! 그리고 돈을 벌어요! 우물가로 나오기 전까지 오전 내내 글을 쓸 수 있는 시간도 있고요!

11장. 1998년 겨울, 내소사의 경내

어둠 속에서 타자기 자판 소리.
이윽고 정 실장, 타자를 멈추고 지문을 읽는다.

경내 법당에서는 허정수의 사십구제가 진행 중이다.
정 실장이 법당 앞에 작은 탁자에 허정수의 시집을 쌓아놓고 서 있
다. 관광객들이 오간다.

등산객　오늘 이 절에 무슨 행사라도 있나요?

정실장　허정수 시인 사십구젠데요.

등산객　허정수 시인?

정실장　몰라요?

등산객　모르면 안 되나 보죠? …… (시집을 들어 살펴본다) 진통제와
저울?

정실장　한 권 가져가세요.

등산객　왜요?

정실장　?

등산객　공짜로요? 앗. (자신의 실수에 입을 막는다)!

정실장　아―참, 거…….

등산객　…….

정실장　뒤에 가격표 있으니까 돈 내시든지요?

등산객 …… (계속 시집을 뒤적인다) 그러게나 말입니다!

정실장 오늘 오신 분들 드리려고 가져왔는데 생각보다 많이 안
왔어요. 여기 저기 아마추어 문학단체에서 기별은 왔었
는데…….

등산객 아―네. 거 참 유감이네요!

정실장 뭐가요?

등산객 시인이 돌아가셨으니까요.

정실장 (고개를 갸우뚱) 등산하시는데 웬 짐이 그렇게…….

등산객 …… 등산 아니고 이사 가는 중이라서요.

정실장 산으로?

등산객 아― 저 위에 암자가 하나 있어요!

정실장 고시공부 하시나보다!

등산객 글을 써요! 제가 쓴 시 하나 보실래요? (주머니에서 주섬주섬)

법당 제가 끝났는지 사람들이 나온다.

김준영과 문인1도 보인다. 김준영과 문인1 부둥켜 앉고 꺼이꺼이
울면서 나온다.

정실장 …… 염불하네!

등산객 네?

정실장 …… 것도 시라고.

내소사 경내의 어느 곳.

박영준 아— 그래서 낯이 익군요.

라헬 네— (사이) 청강했던 처지라 눈에 띄지 않으려고 조심했던 것 같아요.

박영준 그래요.

라헬 수업 시간에도 푹— 고개를 숙이고…… 들키지 않으려고요.

박영준 그러면 교수는 더 주의 깊게 살펴보는 법인데…… 쟤는 왜 저렇게 졸고 있나? 하면서.

라헬 (웃음) …….

박영준 90년도 2학기의 현대시의 이해라고 했죠?

라헬 네

박영준 과는?

라헬 유전공학과

박영준 네—

라헬 결국 졸업을 못했어요.

박영준 소설을 쓰다 보니?

라헬 글쎄요…… 여러 가지 이유가 있었겠죠?

박영준 내 수업이 너무 재미가 없었나? 그래서 때려치웠어요?

라헬 (웃음) …….

박영준 그래요.

라헬 …….

박영준 여긴 어떻게 왔어요?

라헬 우연히.

박영준	허정수 시인 사십구제, 알고 온 거 아니고요?
라헬	아―저 위에 청련암이란 암자가 있거든요. 거기 살고 있는데 뭐 좀 사려고 내려왔다가 알게 됐어요.
박영준	허정수 시 읽어봤어요?
라헬	(증정으로 받은 시집을 들며) 올라가서 읽어봐야죠.
박영준	으―응, 증정 기획은 잘 한 짓이네!

내소사 경내의 어느 곳.

김윤희	두 분이 결혼식도 여기서 하셨다고 들었어요.
신혜정	네.
김윤희	결혼식도 못 가보고
신혜정	아무도 결혼식에 초대하지 않았어요.
김윤희	아― 참 그랬어요. 이제 기억난다.
김윤희	두 분 결혼식 즈음에 준영이, 남편, 정수 우리 네 사람은 늘 어울려 다녔죠. 미학사 대표 김준영 알죠?
신혜정	네, 오늘 너무 많이 우시던데요.
김윤희	네!
신혜정	고맙죠! (사이) 마지막 몇 년 동안 남편이 그분에게 실수를 많이 했거든요.
김윤희	준영인 좋은 사람이에요. 정수가 어떤 실수를 했건 그걸 다 감당해주지 못해 가슴이 아픈 거죠.
신혜정	…….

김윤희　준영이와 난 대학 때 문학회 동기였고요, 남편은 2년 후 배였어요.

신혜정　남편이 박영준 선생님을 참 좋아했어요.

김윤희　그럼요! 그 사람들은 서로 죽고 못 살았죠.

신혜정　그래도 마지막 몇 년은 전혀 만나지 않았을 걸요?

김윤희　…… 아마도 그랬을 거예요. (사이) 요새도 계속 무대에 오르시죠?

신혜정　그렇죠, 뭐.

신혜정　저쪽 길로 한 시간 정도 올라가면 암자가 하나 있어요. 청련암이라고…….

김윤희　아―네.

신혜정　정수 씨가 거기 오래 있었어요. 공부하고 시 쓴다고.

김윤희　…….

신혜정　아주 아담한 암잔데, 거기 마루에 앉으면 이 산이 발아래 펼쳐지는 기분이죠. 안개가 낀 날은 발밑이 모두 안개로 자욱해서 안개 위에 암자가 서 있는 기분이 들어요.

김윤희　……

신혜정　아주 오래 전 일인데요, 그래도 그때는……

김윤희　……

신혜정　친구들하고 여기 놀러왔다가 그냥 가기가 아쉬워서 거기까지 올라갔었어요. 산이 빨리 어두워지고, 그걸 핑계로 거기 있던 스님을 졸라 거기서 하룻밤 묵었어요. 스님 방에 빙 둘러앉아 차도 마시고, 커다란 광주리에

담아 마루에 있던 감도 먹고 거기서 정수 씨를 처음 만났죠.

김윤희 정수가 희곡도 쓰지 않았나요?

신혜정 썼죠.

김윤희 오래 전 일이지만, 지금도 선명하게 기억해요…… 한번은 정수가 전화를 했어요. 자기 인생의 유일한 여배우를 위한 공연인데, 대본을 지가 썼다고…….

신혜정 (갑작스럽게 다가온 추억) 하하― 그날 밤은 제 인생 최고의 무대였어요…… 모두의 열정 때문에 우리 모두 정화되는 기분이었는데…….

김윤희 우리 모두 그런 시절이 있었어요. (역시 갑작스럽게 다가온 추억) 사회를 먼저 바꿔야 한다, 아니다 시의 길을 가자 뭐 그런 멍청하고 숭고한 토론으로……

신혜정 (갑작스러운 폭소)

김윤희 아니, 정말 멍청해서 숭고했으니까요…… 밤새는 줄도 모르던 시절…….

신혜정 그 사람이 서서히 망가지기 시작하면서 어느 순간 남편에 대해선 완전히 무관심해졌어요. 그런데 이상하게도 무대가 새롭게 다가오기 시작했고요. 그러니 정수 씨는 더 더욱 맛이 가버렸고요.

김윤희 …….

신혜정 이런 멀쩡한 미망인 보셨어요?

김윤희 그러지 마세요, 제발…… (사이) 우리 모두 정수를 사랑했고, 우리 모두 너무 빨리 정수에 대해 무관심해진 거죠. (사이) 유고를 내기로 해요, 우리.

신혜정　글쎄요, 뭐 더 파볼 게 있을까요?

김윤희　정수는 늘 우리를 놀렸겠잖아요?

신혜정　전 그 사람을 위한 눈물조차도 말라버렸어요. (두 손으로 얼굴을 감싸고 운다)

김윤희　자―자.

신혜정　만약 제가 울 수 있다면…… 그것마저도 그 사람을 위한 것이라기보다는 뭔가를 영영 놓쳐버린 저 자신을 위한 애도일 겁니다.

김윤희　…….

신혜정　…….

김윤희　좋아요, 우리 정수 만나러 갈까요?

신혜정　…….

김윤희　저쪽 샛길로 한 시간만 올라가면 된다면서요?

김윤희　정수가 거기 마루에 앉아 발밑을 내려다보면서…… 우리를 기다리고 있을 것 같지 않아요?

신혜정　…….

김윤희　서글서글했던 청년 정수가 혜정 씨를 기다리고 있을 것 같은데요?

정 실장이 소비하지 못한 시집 보따리를 양손에 들고 다가온다.

정실장 부장님, 여기 계셨어요?

김윤희 으―응, 정 실장.

정실장 (여배우를 바라보면서) 스님께서 아까부터 사모님을 찾으셨는데요.

신혜정 네!

정실장 찻방으로 오라시던데요?

신혜정 ······.

김윤희 문인들은 예약한 식당으로 다 내려가셨고?

정실장 그럼요.

신혜정 여기까지 왔는데 그냥 내려가긴 그렇고요, 전 청련암까지 산책을 좀 하고 싶은데······ (사이) 거기 기다리는 사람이 있어서요.

김윤희 저도 데려가 주세요. 저도······ 거기에 보고 싶은 사람이 있어서!

신혜정 (정 실장) 가시는 길에 스님 방에 들러 좀 전해주시겠어요? 한두 시간 뒤에 뵙겠다고······.

정실장 네!

김윤희 박영준 선생은 왜 안 보여? 벌써 내려갔어?

정실장 (어깨 으쓱)

여전히 내소사 경내의 어느 곳.

라헬 거기엔······ 야수와도 같은 입술을 가진 스님이 한 분 계세요.

박영준　야수와도 같은 입술은 또 뭔가요?

라헬　눈빛은 번뜩이고 입이 얼마나 크고, 입술이 얼마나 두터운지 보통 사람의 두 배 크기는 될 걸요.

라헬　그런데 스님에게서 뿜어져 나오는 야생의 기운이라는 게, 거기 처음 갔을 때 스님을 보고 전 정말 깜짝 놀랐어요.

박영준　땡중 아닌가?

라헬　글쎄요, 당신 말로는 젊은 날 용맹정진의 시절에는 십년 가까이 토굴에서 그야말로 초근목피로 연명하면서 기도만 하셨다고 하던데요.

박영준　참 — 어린 처녀가 산꼭대기에서…… 무섭지도 않아요?

라헬　암자에 도착했을 때 처음 며칠은 정말 무서웠어요…… 스님하고 부딪히지 않으려고 문밖에도 나가지 않았다니까요?

박영준　그렇게 무서워서 어떻게 견뎌요?

라헬　아 — 지금은 아무렇지도 않아요. 스님이 요리를 또 얼마나 잘하시는데요.

박영준　…….

라헬　아 — 둘만 있는 건 아니고요, 행자님이 한 분 계세요. 이분은 사십도 넘었는데 계를 받고 스님이 되기 위한 맹정진 중이시죠. 이분은…… 뭐랄까 (웃음)…… 약간 음정 박자가 안 맞는 분이신데…….

라헬	(웃음) 이런 말은 좀 뭐한데 세상 사람들의 시선으로 보면, 약간 모자란다는 평을 받겠죠.
박영준	으—음 그래서 음정 박자가 안 맞는 거였어요?
라헬	아니요, 비유가 아니라 실제로 음정 박자를 못 맞추세요.
박영준	?
라헬	해질 무렵에는 행자님이 제 방에 불을 때주세요, 그런데 이분이 아까 말씀드린 것처럼 스님이 되기 위한 맹 정진 중이시기 때문에 불을 때면서도 부지깽이로 바닥을 치면서 염불을 외거든요, 염불은 하루 종일 외우시는…… 근데 두 달이 넘어도 음정 박자가 전혀 안 맞아요.
박영준	(웃음)
라헬	그러니 지금처럼 밖에 나와 있어도, 제 귀에는 행자님의 불안한 염불 소리가 환청처럼 들리는 거죠. 지금도…….
박영준	괴롭겠네?
라헬	(웃음) 습관이 돼서…… 견딜 만해요.
박영준	그런 산꼭대기서 뭘 먹고 사나? 아니 그 사람들이야 습관이 돼서 초근목피로 버틸 수 있는 선사들이라고 해도 아가씨는?
라헬	짐 싸들고 올라간 첫날 스님께 받아주시라고 청을 했거든요. 스님 첫 마디는 이거였어요. "산중이라고 해도 하나에서 열까지 다—돈이야 에잇, 학생…… 하숙비로 한 달에 쌀 한 가마니 값은 내야 돼, 그 이하론 안 돼."
박영준	그래서?

라헬　　하숙비를 내야죠.

박영준　…….

라헬　　…….

박영준　암자 삼인방의 구성원치곤 아주 재밌군.

라헬　　(웃음) 아―청련암 삼인방의 용맹정진 시대의 밤이 어떻게 흘러가는지 아세요?

박영준　?

라헬　　밤이 되면, 저는 제 자신이 한 번도 해보지 못한, 미칠 것 같은 사랑의 한 장면을 써보려고…….

박영준　그러니까 요즘 말로 나름 빽 가는 부분?

라헬　　네 (웃음) 빽 가는 장면을 써보려고 기를 쓰고 앉은뱅이책상 앞에 매달려 있는데, 저쪽 방의 행자는 음정 박자 죽어도 안 맞는 염불을 몇 시간이고 줄기차게 정말, 지칠 줄 모르고 외요, 그런데 또 그 옆방의 큰 스님은 동해물과 백두산이 울릴 때까지 채널 돌려가면서 줄기차게 연속극을 봐요.

박영준　아― 황홀한 용맹정진 시대군!

라헬　　(폭소)

김윤희와 여배우가 박영준을 먼저 발견한다.

김윤희　당신 아직 안 내려가고 여기 있었어요?

박영준　으―응?

김윤희	내려간 줄 알았어요.
신혜정	오늘 와 주셔서 감사합니다.
박영준	혜정 씨, 괜찮으세요?
신혜정	네, 저희 찻방으로 가는 길인데…… 그쪽으로 오시겠어요?
박영준	그러죠.
신혜정	내려가기 전에 스님이 차 한 잔 하고 가라해서요.
박영준	네—
박영준	아— 여보! 여긴 우리학교 졸업생이야.
라헬	안녕하세요?
김윤희	아— 그러시구나! 아까 법당에서…….
라헬	네—.
신혜정	(라헬에게) 참석해주셔서…… 감사합니다.
라헬	고인의 명복을…… 기도드리겠습니다. (합장한다)
김윤희	어쩌나 참하고 어려보이는지, 부안여고 문학회 회원인 줄 알았어요. (웃음)
박영준	먼저 들어가 있어. 난 좀 있다가…… 아니면 준영 형도 기다리고 있고, 문인들 보러 식당으로 바로 내려갈게.
김윤희	알았어요!
신혜정	그럼…….

김윤희와 여배우 찻방 쪽으로 걸음을 옮긴다.

라헬	그럼 저도 이만…… 여기서 뵈니까 너무 반가워서 그만…… 바쁘신데…….
박영준	아니, 아니에요…… 밥도 먹어야 되고 같이 식당으로 가요.
라헬	아니요. 전…… 많이 놀았으니까 올라가야죠.
박영준	용맹 정진하러 가야되나?
라헬	(웃음)
박영준	(상쾌한 공기를 심호흡한다) 야수 스님에 음정 박자 안 맞는 행자, 이런 무공해 공기 마시고 살면 우리 심장에는 다 시없는 소식이 되겠어!
라헬	그럼요!
박영준	여기 죽 눌러 살 사람처럼 말하는데…… 그렇게 여기가 좋아요? 젊은 아가씨들은 도시를 더 좋아하지 않나?
라헬	…… 어디로도 갈 데가 없는 사람은 산으로 간다는 말 들어 보셨어요?
박영준	…….
라헬	길이 끝나는 지점에 낭떠러지 같은 단절의 심정으로 산이 펼쳐지는 것 같아요. 그런데 막상 살아보니…… 살만해요. 아무래도 산 체질인가 봐요. 헤―헤.
박영준	소설 쓰는 사람은 산꼭대기에 살든 구름 위에 살든 소설만 잘 써지면 그만 아닌가? 소설은 잘 써지고?
라헬	글쎄요, 잘 써지는 것 같기도 하고 아닌 것 같기도 하고.
박영준	글이라는 게 그렇게 업 앤 다운 하는 거야. (지갑에서 명함

을 꺼낸다) 팍팍해지면…… 연락해요. 서울의 매연으로 우리 심장의 적응가능성을 가끔은 실험해봐야지?

라헬   아―네. (명함을 받는다)

박영준   청련암엔 나도 한번 가보고 싶어지는데?

라헬   아―놀러오세요!

박영준   정말?

라헬   그럼요! 언제 오실 건데요?

박영준   글쎄, 언제가 될지…… 정희 씨는 당분간 거기 계속 있을 건가보지!

라헬   모르겠어요.

박영준   왜?

라헬   글쎄요.

박영준   그럼 다른 곳으로 가도 꼭 연락 한번 줘요.

라헬   아―네. 꼭 연락드릴게요.

박영준   올라가 봐요.

라헬   네…… 그럼. (고개 숙여 인사한다)

라헬, 돌아서서 간다.

몇 걸음 사이.

박영준   거긴 쌀 한 가마니 하숙비로 내면 먹여주고 재워준다고?

라헬   네― 왜요?

박영준   곧 방학인데, 나도 쌀 한 가마니 팔아 거기로 이사 갈까,

106

해서. 내 심장에도 새로운 소식을 줄 필요가 있으니까.

라헬 정말요?

박영준 …… 필요한 거 있으면 말해요. 보내줄 테니까.

라헬 필요한 게 없는 걸요. 심플 라이프!

박영준 좋아! 심플 라이프!…… 불편한 건?

라헬 밤에 화장실 가는 것?…… 너무 무서워요.

박영준 ?

라헬 화장실이 암자에서 10미터는 떨어져 있어서…… 도시에서는 볼 수 없는 서슬 퍼런 귀신의 기운이 있다니까요…….

박영준 밤에 화장실도 못 가고 어떻게 살아?

라헬 생존의 방법은 찾아지게 마련이죠. 하하—

박영준 난 귀신 나오는 화장실은 죽어도 못 가는데?

라헬 걱정 마세요!…… 거기 오시면 밤에 화장실 갈 때 제가 데려다주고…… 기다렸다가 데려 오고…… 그럴게요.

박영준 정말?

라헬 그럼요!

박영준 약속했다?

라헬 네!

박영준 그런데, 거기 가면 뭐가 젤 좋은데?

라헬 밤이 좋아요!

박영준 ?

라헬 밤이 그렇게 깊고 무한한 것인지 처음으로 아시게 될 거에요.

박영준   또?

라헬   천지간에 혼자뿐인 어둠 속에서 천지간에 처음 웃어보는 사람처럼 웃게 되는 때가 있는 거죠.

박영준   정말?

라헬   거짓말 아네요! 정말.

박영준   그럼, 꼭 갈게.

라헬   네, 꼭.

박영준   잘 가요.

라헬   안녕히 가세요.

끝.

한국 희곡 명작선 59

진통제와 저울

초판 1쇄 인쇄일   2021년 1월 10일
초판 1쇄 발행일   2021년 1월 20일

지 은 이   최은옥
만 든 이   이정옥
만 든 곳   평민사
　　　　　서울시 은평구 수색로 340 〈202호〉
　　　　　전화 : 02) 375-8571
　　　　　팩스 : 02) 375-8573
　　　　　http://blog.naver.com/pyung1976
　　　　　이메일   pyung1976@naver.com
등록번호   25100-2015-000102호
ISBN　　　978-89-7115-757-2   03800
　　　　　978-89-7115-663-6 (set)
정　　 가   8,000원